KB275195

원앙의 꿈

지은이 심훈

소설가·시인.

주로 사랑과 결혼, 이별과 상실 속에서 흔들리는 인간의 감정을
서정적으로 그려냈다.

1931년 장편소설 「상록수」로 문단과 대중의 큰 주목을 받았다.

대표작으로는 「원앙의 꿈」, 「인형의 결혼」, 「약혼」 등이 있다.

현대문학 짧은 이야기 10
원앙의 꿈

초판 1쇄 발행 2026년 1월 20일

지은이 심훈
펴낸이 백광석
펴낸곳 다온길

출판등록 2018년 10월 23일 제2018-000064호
전자우편 baik73@gmail.com

ISBN 979-11-6508-661-9 (03810)

현대문학 짧은 이야기 10

원앙의 꿈

심훈 지음

다온길

서문

심훈의 소설이다.

짧은 이야기들을 모아 한 권으로 엮게 되었다.

심훈은 한국의 근대 소설가로, 사랑과 결혼, 이별과 상실 속에서 살아가는 인간의 감정을 섬세하고 서정적인 시선으로 그려낸 작가로 알려져 있다. 그는 일제강점기의 시대적 억압 속에서도 개인의 내면과 관계의 균열을 조용히 포착하며, 인물들의 감정과 일상을 담담하게 풀어내었다. 그의 작품들은 거창한 사건보다 일상의 감정 변화에 집중하며 인간이 지닌 연약함과 삶의 무게를 함께 보여준다.

대표작 「원앙의 꿈」은 사랑의 이상과 현실 사이의 어긋남을 인상적으로 그려낸 작품이며, 「인형의 결혼」은 타인의 결정에 의해 규정되는 삶 속에서 개인이 점점 자신을 잃어가는 과정을 상징적으로 드러낸다. 또한 「약혼」은 미래를 약속한 순간에 스며드는 불안과 망설임을 섬세하게 담아낸 작품이다.

심훈의 문학은 한국 근대문학사에서 인간 감정의 서정성과 현실 인식을 함께 보여주는 중요한 성취로 평가받으며, 절제된 문체로 사랑과 상실의 순간들을 깊은 공감 속에 그려냈다.

개화기를 분수령으로 고전문학과 현대문학으로 나누어진다.

현대 문학은 개인에 대한 집중, 마음의 내적 작용에 대한 관심, 전통적인 문학적 형태와 구조에 대해 거부하며 작가들은 정체성, 소외, 인간의 조건과 같은 복잡한 주제와 아이디어를 탐구하는 게 특징이다.

'역사를 잊은 민족에게는 미래는 없다'는 말이 있듯, 과거의 현대문학을 보면 오늘을 살아가는 우리의 모습이 투영된다.

차례

1장

원앙의 꿈

一

　　그후 한 삼년동안 두 젊은 내외는 원앙새 부럽지 않게 지냈다. 인숙에게도 더 바랄수 없이 행복한 세월이 흘렀다. 이 세상에서 다만 하나인 제 남편은 저의 품안에 안겨 있지 않은가. 이제 와서는 지난 일이 한바탕 꾸어버린 꿈의 자취와 같은뿐. 오즉 저 한사람에게 애정을 쏟고 있지 않 은가.

　　인숙은 하늘이 두쪽에 갈러지는 한이 있드래도 다시는 봉환을 놓칠리가 없다는 자신이 단단히 생길만치 봉환도 인숙이 이외의 여자에게는 한눈도 팔지 않았다.

　　조모의 신칙이 엄할수록 서로 이구석 저구석으로 피해 다니며 도적잠까지 자다가 들커서 며칠씩 얼굴을 들지 못할때도 있었다.

오즉 청춘의 기쁨을 단돌이서만 독차지 한듯이 집안 사람들에게 너무 유난스럽게두 군다고 흉을 잡할만치 금슬이 좋게 지냈다. 원체 변덕스럽고 거염이 많은 둘째 동서는

『흥 두구 보지. 그러다간 또 내 꼴이 될걸』

하고 속으로 빈정거렸다. 끝에 동서가 의초좋게 지내는 것이 부럽기도 하고 한편으로는 시부모가 저의 내외에게만 심하게 구는 것 같어서 그 반동심으로 동서의 내외의 흉을 보고 대사롭지 않은 일에도 입을 삐죽어리며 헐뜯는 것이었다.

실상 봉환의 자근 형은 거의 폐인이 되었다. 내외가 한방만 쓰면은 피접을 가고 약을 먹은 효험도 없이 며칠 동안이면 또 다시 동티가 낫다. 기침을 허다가 피섞인 담을 뱉는 것을 보고는 또 다시 온천이나 절간으로 가는 것이었다.

의사에게는 벌서 폐결핵 제 삼기라고 사형선고와 다름없는 진단을 받었다.

자근 동서는 눈가장사리에 푸른 자위가 가실때 없고 얼굴에 여드름까지 툭툭 붉어저 가지고 몇달식 독

수공방을 하는 불만과 남처럼 살림도 나지 못하는 불평이 끝에 동서 내외에게나 있는 것처럼 남몰래 방자까지 한다.

사실 시부모가 자근아들의 병이 더해가는 것을 며느리 탓을 하고 막내아들 내외만 자별히 귀여워하는데 질투심이 끌었던 것이다.

인숙도 그 눈치를 채고

『웨 저렇게 거염이 많담』

하면서도 맏동서와 가치 깍듯이 대우를 하고 그저

『네 네』

해서 남보매는 조금도 동서끼리 티각태각하는 눈치를 보이지 않으려고 들었다. 그럴사록 자근 동서는

『조렇게 약어빠진 사람은 첨봤어. 살살 제 꼬리만 사리거던』

하고 인숙이가 저보다 영리하고 눈치가 다른 것이 더욱 얄미웠다.

그럴사록 봉환의 내외는 금실이 좋게 지낼뿐 아니라 봉환은 공부에도 자미를 부치게 되었다. 어느 사립학교에 다니며 중학교 과정을 배우는 한편으로 동대문밖에 새로 설립된 서화협회에 들어가서 그림을 배웠다. 어느덧

청년기로 들어가 키도 날신하게 커지고 살빛은 여전히 여자와 같이 히여서

『윤군은 드물게 보는 미남자야. 동양의「라몬?노바로」지 장안의 계집애를 다 호리고 말걸』

하는 소리를 노상 그림을 가치 그리러 다니던 동무들에게 들었다.

그와 동시에 봉환은 그림도 늘었다. 처음에는 동양화를 배우다가 실증이 나서 양화를 그리기 시작하였다.

『양반의 자식이 여복해야 환쟁이가 된단 말이냐』

하고 반대를 하던 아버지도 인제는 마음을 잡고 걱정거리를 작만하지 않는 것만 신통해서 아모리나 네 맘대루 허렴으나』

하고 서화협회에 들어가는 것을 허락하고 값비싼 그림 제구를 사달라는대로 사주었다. 더구나 자기 내외의 사진을 보고 본을 떠서 초상화를 그려 올린 것이 마음에 들어서

『우리가 죽기 전에 화상 한폭은 작만했구려』

하고 힌 수염을 쓰다듬어 나리며 마누라를 돌려다 보고 매우 만족해하였다.

봉환은 이따금 인숙과 봉희를 불러 앉히고는

『미술은 모든 예술중에도 가장 고상현 것이요, 음악 같은 것보다도 생명이 길뿐 아니라 그림 한 폭만 잘 그리면 그 명예가 몇백대까지라도 간다』

는 것과

『미레-의 그림이 어떠했고 「따빈치」는 어떠한 사람이고 「반?꼬호」란 화가는 삼십이 넘어서야 그림을 배웠다』

는 등 설명을 해주었다. 봉희도 벌서 고등보통학교에 입학을 해서 그런 말을 알어 들을만 했고 인숙도 틈이 있는대로는 봉희가 배워 오는대로는 여전히 어깨 넘어로 복습을 하야 와서 학교과정에도 맹문이는 아니었다.

二

『고개를 좀 숙유』

『이렇게요?』

『아-니 왼쪽으루 조금만 처들우』

『금방 숙이라구 그러군요』

『너무 숙이면 턱아래가 그늘이 지지 않우』

『그럼 자-요』

『옳-지 똑 고대루만 있수』

『고개가 아퍼두요?』

『이렇게 몇시간씩 섰는 사람두 있는데』

『눈두 깜짝거리지 말아요?』

『응』

『파리가 와 앉어두요?』

『잔소린 퍽두 허우』

『얘기두 한허구 심심해서 어떻게 꼭 이러구 앉었
어요』

『그렇게 말을 시키면 그림이 안된다니깐』

『그럼 암말두 안헐께 어서 그리서요』

『입을 그렇게 꼭 오무리면 제비 주둥이처럼 되우』

『아이 누가 잔소릴 허는지 모르겠네』

『옳-지 어느때처럼 무심허게 다물구만 있어요, 벼룩
이가 물어두 꼼짝두 말구』

『………』

신록이 욱어진 산정 툇마루 난간에는 머리를 곱다
랗게 빗은 인숙이가 실음없이 먼산을 바라다보는 표정
을 하고 앉었다. 마진짝에는 봉환이가 화가(畵架)를 앞에
다 버티어 놓고 서서 왼손 엄지 손가락에 파레트를 꼬여

들고는 한눈을 찌긋하고 거리를 재어가며 사십호쯤 되는 「칸빠쓰」우에다가 기름반죽을 한채 색을 연방 찍어다 바른다. 아버지 내외는 대궐에 무슨 잔치가 있어서 입궐하고 없는 동안에 봉환은 몰래 제색시를 모텔로 잡어 초상화를 그리는 중인데 「뎃쌍」을 하는데만 두 시간이나 걸렸다. 그것은 늦은 봄에 열리는 전람회에 처음으로 출품을 하려고 재조껏 그리는 그림이다.

『일본이나 서양서도 나체화를 그리려면 이례 젊은 여자를 앞도 가리지 않고 새빨갛게 벗겨 눈앞에다 「모텔」을 세워 놓고 그 아름다운 육체의 곡선을 그린다』

는 말을 들었건만 인숙은 비록 옷을 겹겹이 입었으나마 제가 「모텔」이 되기는 서먹서먹하였다. 또는 말성많은 동서 들이라도 보면은 또 빈정거릴지 몰라서

『난 싫여요. 이담에 둘이 딴살림이나 허구 살거든 대문 중문 꼭꼭 닫어 걸루서 그려요 네? 그럼 내 옷이라두 벗을 테야요』

하고 한사코 마다는 것을

『첫번 출품에 평판이 나쁘면 난 그림두 안 그릴테요』

하고 봉환이가 골을 더럭 내는 바람에

『그래 나를 꼭 그리서야만 해요』

하고 마지 못해 붙잡혀 앉었든 것이다.

뒷곁에 화단을 배경으로 하고 연분홍 저고리에 남순인 치마를 느리고 난간에 기대어 턱을 고이고 앉인 인숙이 포-즈는 옛날 중국 소설과 삽화에서 보는 것같은 미인처럼 청초 하고도 애련해 보인다. 우틀우틀하게 유화를 그리느니 보다는 동양화식으로 머리카락같이 가느다란 선을 곱게 써서 채색을 엷게 하였으면 고상하고도 염려한 미인화 한폭이 이루워질듯.

「모텔」과 「칸빠쓰」우로 옴겨 다니는 봉환의 눈에는 영채가 돈다. 풍경화나 정물(靜物)같은 것보다는 인물화에 취미도 가지고 장기도 있는 봉환은 무슨 영감이 떠올른듯 화필이 조금씩 떨리기도 한다. 노숙한 전문가가 보면은 인물의 위치라든가 색의 조화에 들어서는 미숙한 점이 많을 것이나 어쨌던 봉환이 딴는 전심전력을 기우려서 처음으로 큰 작품을 제작하는 이만치 망사 모자를 쓴 이마에 땀이 다 숭숭내 배었다. 인숙이가 보기에 가엾고 안스러워서

『고만 좀 쉬었다 그리시죠』

하여도 들은 체도 아니하고 호필을 놀리는데만 정신이 쏠렸다.

그것은 화초담 밑에 철죽꽃이 반쯤 흩어저가는 봄날의 오후였다.

三

『난간에 기대인 여자』라고 제목을 붙인 봉환의 그림은 ○○미술전람회에 입선이 되었다. 어느 신문 학예면에는 숫법은 아직 미숙하나 표현방식에 새로운 맛이 있다. 장래를 촉망할만한 신진 화가다』

라고 비평이 났다.

봉환은 기뻤다. 신문을 보다가 입선된 화가들 중에서 「윤봉환」 석자를 발견하자, 봉환은 신문을 들고 껑충껑충 뛰여서 인숙의 방으로 들어갔다.

『이것 모자라 보우. 이걸 좀 봐요』

하고는 인숙의 턱밑에다 신문지를 치바치듯하며 좋와서 어쩔줄을 모른다.

『어쩌면 참 정말 뽑혔네!』

인숙도 남편의 이름이 또렷이 박혀 있는 것을 보자 어린애처럼 손벽을 쳤다. 조그만 할자로 막힌 제 남편의 이름은 눈앞에서 점점 커지다가 확마다 커다랗게 번저서 방안이 뿌듯해지는 것 같다.

『거 좀 보서요 나를 그렸으니깐 뽑혔죠. 아이 그럼 내 얼굴을 장안사람이 다 쳐다 보겠네』

하고 인숙은 얼굴을 살짝 붉힌다. 봉환은 생각할사록 입선 된 것이 꿈속같이 신기해서 인숙의 허러를 벗석 껴안고는

『나두 인젠 정말 화가란 말야. 어졌한 신진화가란 말야』

하면서 딴스를 하듯이 매암을 돌면서 빨개진 인숙의 뺨에 이마에 키쓰의 소낙비를 퍼 붓는다.

『아이구 어지러워요. 특선이나 됐드면 아주 어질병이 나겠어요』

하고 인숙은 남편의 어깨에다가 머리를 실린다.

봉환은 씨근벌덕거리며 다시 신문을 펴 들고 손가락으로 입선된 사람의 이름을 하나씩 집허 보다가

『이거보 이 사람은 벌서 한 십년째나 그림을 뱄다는데 인제 첨 입선이 됐구려. 내가 댕기는 서화협회에선 입선된 사람이 모두 세사람 밖에 없어. 인제 말이지 선생이 많어서 난 낙선이 될 줄만 알었었는데……』

하고 의외의 기쁨에 마음이 들먹거려서 안절부절을

못한다.

인숙도 진정으로 기뻤다. 이런 기쁜 일은 생후에 처음 당해 보는 듯 봉환이 이상으로 기뻐서 눈물이 날 지경이었다.

그다지도 속을 태워 주든 남편이 마음을 잡었으니 기쁘지 않은가. 그 남편에게 모든 것을 바치는 저의 얼굴을 그린 초상화가 입선이 되었으니 기쁘지 않은가. 큰 아들은 신문사업을 한다고 재산만 없애고 자근 아들은 간신히 목숨만 붙어 있어 시부모의 애를 태우는데 애부랑자 소리를 듣든 셋재 아들은 나의 사랑하는 남편은 가장 고상하다는 미술가가 되어 출세를 하고 신문에까지 칭찬이 났으니 그 아니 기쁜가.

자작도

『온 신통허지. 봉환이 그림이 뽑혔다는구려. 아무튼 웃으운 세상이야 환쟁이두 행세를 헌다니』

하고 마누라를 보고 만족한 우슴을 띠우며

『허나 집안 살림을 아는 자식이 한 놈이나 있어야지』

하면서도 그날 저녁은 반주를 갑절이나 마시고 봉환

이가 사들인 유성기를 틀어 놓라고 까지 하였다.

첩의 집에서 잠을 자고 큰 집에는 하로 한번 드려다 보거나 말거나 하는 용환이도 와서

『네 그림이 입선됐드구나. 기왕 시작헌게니 끝끝내 성고을 해여지』

하고 오래간만에 아우를 보고 말을 다하고는 여송연 냄새를 피우고 나갔다.

전람회가 막을 열자 봉환은 날마다 옷을 갈어입고 제 그림 앞에 서서 요령소리가 들릴때까지 떠나지를 않었다. 구경온 사람들에게

『이건 내가 그린 그림이요』

하고 제 얼굴을 광고도 하고 제 귀로 칭찬하는 소리를 듣고 싶었든 것이다.

그러나 집안 식구는 모다 초대권을 얻어가지고 구경을 갔다 왔건만 누구보다도 남편의 그림을 즉 제 얼굴이 걸려 있는 것을 보고싶은 것은 인숙이었다. 그러나

『어쩌다가 제 얼굴을 그리게 했을가 모르거니와 그만 인중에 가긴 어딜 간단 말이냐』

하는 시아버지의 반대에 인숙의 발은 결박을 당하였다.

四

　종로 뒷골목 어느 양식점에서는 처음 입선된 청년화가들끼리 모여서 축하회를 열었다. 이층의 둥근 식탁을 둘러싸고 십여명이나 모여 앉아서 희색이 만면하야 차를 마시며 담배를 태우며서 서로 작품의 비평을 하느라고 떠들석하다.

　인숙이가 솜씨껏 지어준 세모시 다듬은 두루마기에 조선 옷을 말쑥하게 입은 봉환은 그중에 나히가 제일 적을 뿐더러 백옥같이 힌 얼굴이 가장 유표하게 여러 사람의 눈에 띠웠다.

　머리를 어깨가 덮이도록 길르고 염소수염같은 알엣수염을 쓰다듬어 나리며 앉인 사람은 삽십도 넘어 사십줄이나 바라 보는 듯 그도 첫 번 입선이 되였으면서도

　『윤군의 그림 좋습디다. 헌데 선이 강렬한 색채에 비겨서 좀 무기력허드군. 안직 기교가 앞을 서서는 안될걸』

　하고 큰 선배와 같은 태도로 평을 한다. 봉환은

　『고맙습니다. 인제 배우는 중이니 만히 지도해주십시오. 이번엔 내놓기 부끄러운걸……』

　하고 여자처럼 머리를 숙이며 인사를 하였다. 그러자

봉환의 옆에 앉인 장발(長勃)이가

『미상불 부끄럽기두 헐테지』

하고 봉환의 엽구리를 꾹 찌르며 놀린다. 장발은 봉환과 같이 서화협회에 다니는 제일 친한 친구로 그는 누-런 제작복 앞자락에 일부러 그림 그리는 물감칠을 해서 펭키 냄새를 풍기면서 말을 할때면 그의 자랑인 굽슬머리를 손바닥으로 비서 넘기는 습관이 있다.

『참 윤봉환씨 그림에 모델이 누군가요?』

하고 마진짝에 앉인 난쟁이처럼 키가 작고 목이 다 붙은 사람이 봉환의 얼굴을 빤히 처다보며 뭇는다. 그는 파란 우단 저고리에 골덴바지를 질질 껄리도록 입었다. 장발이가 그 사람의 말을 했드려

『그걸 입때 몰랐소? 바로 이 윤군의 부인……』

하는데 봉환이가 식탁 밑에서 장발의 발동을 꼭 밟었다. 장발은 모르는 체 하고 목소리를 한층 더 높여

『참 윤군의 부인이야말로 미인이거돈. 조화의 신은 공편치가 못허단말야. 이런 미남자를 그런 미인허구 짝을 지어 주니 허허허허』

하고 연방 놀린다. 봉환는 귀까지 빩애 가지고 장발의 입을 틀어막듯 하면서도 속으로는 그런 말을 여러

사람이 더 똑똑이 알어듣도록 다시 한번 해주었으면 하였다.

전기불이 들어오자 뽀이들은 요리접시를 날르고 술이 벌어졌다. 정종잔이 날개가 도친 것처럼 머리우를 날러다니 것만 봉환은 제 앞에 놓인 술잔을 폭 엎어놓았다.

『이거 왜 이러나 오늘은 자네의 그림이 제일 평판이 좋은 데 한잔 해야지』

하고 장발이가 작구만 권하는 바람에 봉환은 마지 못해서 술잔을 입에다 대는 체 하다 말았다.

집에서 나올때

『내 만난거 사들일깨 술은 잡숫구 들어오지 마서요 네』

하고 부탁도 하였거니와 아직도 술맛을 잘 모르는 봉환은 멋처럼 유쾌한 기분을 술에 마비시키고 싶지 않었든 것이다.

여러 사람은 술들이 건화하게 취하였다. 처음부터 점잔을 빼고 앉었든 염소수염도 얼굴이 빩애저서 손으로 식탁을 뚜드리며 목에 힘줄을 세우며 양시조같은 소리를 하고 장발은 딴쓰를 한다고 삐로도 저고리를 입은 난쟁이 친구를 끄러안고 핑핑 돌면서 북새를 논다.

한편에서는 제 그림을 악평을 하였다고 말다툼이 일어났다.

『그래 네가 이놈 넌조로 보드래두 내 작품을 그렇게 함부로 평을 해야 옳단 말이냐?』

하고 말갈기 가은 머리를 마조잡어다리며 싸움을 하는 것을 술이 덜 취한 사람들이 간신히 뜯어 말렸다.

『자-고만 휴전조약을 허구 우리 이차회나 허세』

장발이가 부르짓듯하면서 주먹덩이만한 구년목이 백통시계를 끄내들고

『난 이게 회빌세』

하고 출석어린다. 여러 사람은

『천성일세 찬성이야』

하고 빈주먹들만 뽑내며 호기를 부린다.

봉환은 시비의 불똥이 제발 등에 떨어질가보다 겁도 나고 또 대관원같은데로 꺼들려다가 외상을 질가보아 살그머니 빠저 나왔다. 그 축들에게 들킬가 보아 모자를 두루마기 옆구리에 감추어가지고 나와서 힝나케 골목

밖으로 다라나는데

『여보게 어딜 가나? 날 좀 보게 응 날 좀 봐』

하고 소리르 질르며 허급지급 달려오는 사람이 있다.

五

장발은 봉환의 두루마기 자락을 붓잡었다.

『이사람 벌을 쏘였나 작구 달아나기만 허니』

『술주정을 받을가봐서 먼저 나왔네』

봉환은 장발과 같이 종로 큰길로 나왔다. 긁다란 사구라 단 장을 휘들르며 휘적휘적 걸어가든 장발은 봉환의 귀에다 술 냄새를 품기며

『여보게 윤군. 자네허구 긴급히 의론헐 일이 있는데 잠간 어디로 좀 들어가세』

하고 봉환의 소매를 끌어 다린다.

『무슨 이야긴가? 술을 먹으면 난 싫으니』

『내가 언제 술 취한걸 봤나. 오늘 흥낌에 좀 마신게 벌서 다 깼네』

장발은 앞장을 서서 청진동(淸進洞) 골목으로 꺾여서 조그만 청요리짖으로 들어간다. 봉환은 그 뒤를 따러

들어갔다. 장발은

『양식이란 뭐 먹을게 있어야지』

하고 손바닥을 딱딱 처서 짜장면 두 그릇을 사기고 한참이 나 곱슬머리만 쓰다듬고 앉었더니 거무테테한 얼굴에 주름을 잡어 매우 심각한 표정을 하면

『여보게 자네나 내나 이번에 첨으로 입선이 되지 않었나 더군다나 자네의 첫번 작품은 그렇게 평판이 좋으니 같이 배워오는 나로서두 여간 기뿌지가 않으이』

하고 서두를 늘어 놓더니 뜨거운 차를 한목음 마시어 목을 추기고 나서

『그런데 말일세 우리가 이 조선서는 그림을 더 배울려니 배울데가 있나. 서화협회두 밤낮 그것이니 첫대 선생은 사 람이야 좋구 인격자지만 인젠 「지다이오꾸테」르세 그려.

그러니 우리가 좀 더 새로운 선생헌테 그림을 배워 가지구 출세를 허자면 서화협회쯤 다녀가지구는 십년가야 그림이 늘기는 틀렸네. 그래두 큰 바닥에 가서 제전(帝展)이나 이과회(二科會)같은 전람회두 보구 안목을 높여야재. 유명헌 선생헌테 즉접 지도두 받어야 제법 한사람의 미술가로 행세를 허게될게 아니겠나?』

『그렇구말구 여부가 있나. 나두 인젠 그렇게 공선생
헌테 배기는 실증이 났네』

하고 봉환도 맛장고를 첫다. 장발은 제 의견과 봉환
의 의견이 감쪽같이 들어 맛는 것을 보자 더 밧삭 닥어
앉이며

『그러니 말일세. 자네버텀 언제까지나 움물안 개고리
로 지내기에는 참으로 재주가 아까워이』

하고 봉환의 손을 텀석 잡으며

『우물두 말말구 동경으루 가서 어떡허든지 미술학
교 하나는 마추고 나오세. 피차에 X전에 입선이 돼서 남
들이 한창 떠들어주는 이판에 훌쩍 떠나서 소문없이 공
부를 하다가 조선의 화단을 깜짝 놀라게 할 만한 작품
을 제작해서 어둔 밤에 홍두깨 내밀듯 해보자 말일세.
그까짓 번약한 조선의 화단쯤이야 한번 흔들어 놓지 못
허겠나』

하고 더운 김이 무럭무럭 나는 국수그릇의 파리를
쫓고 나서

『여보게 윤균. 젊은 사람은 야심이 있어야 하네. 예
술가에게는 무엇보다도 정녈과 용단성이 있어야 헌단 말
일세』

장발은 입으로 거품을 뿜는다. 봉혼의 손을 힘껏 쥐고 그의 손은 감격에 떨린다. 봉환도 감동이 되여서

『가세! 나두 이번에 입선만 되면 어디로든지 가볼 생각을 했었네. 그런데 아버지가 허락을 허실는지 그게 의문이야』

『압다 아 사람아 새 시대의 청년이 언제 부모의 허락을 맡어가지구 일을 했단 말인가. 난 「삼대독자」데두 뭐든지 내 맘대루 허네 로자나 변통해 가지구 훌쩍 떠난 뒤에 편지 한 장이면 고만 풀리실걸. 자네 처지로야 학비가 없어 걱정이겠나 난 고학을 헐텔세. 신문 배달을 허든지 허다 못해 인력 거라두 끌겠네』

『그렇지 학비쯤이아 난 념레 없네만』

하고 봉환은 눈을 깜박어리고 앉었더니 새로운 희망에 타는 듯 얼굴이 붉어지며

『나두 결심을 했네. 오늘 버텀이라두 떠날 준비를 허세』

하고 장발의 손을 힘껏 쥐고 흔들었다.

六

봉환은 매우 흥분이 되여서 돌아 왔다. 안채로 바로 들어가려다가 오늘 저녁에 아주 엿주어버릴까)하고 큰 사랑에 잠깐 들어가 보니 아버지는 왼일인지 역정이 잔뜩 난 눈치다.

옷간에는 큰 형이 와서 머리를 들지 못하고 꿀어 앉었다.

자작은 봉환을 거들떠 보지도 않고 비인 담뱃대만 탁탁 떨더니

『넌 어딜 늦도록 돌아디니느냐』

하더니

『들어가!』

하고 버럭 소리를 지른다. 봉환은 움찔하며

「이게 또 완일인가?」

하고 아버지의 앞을 물러나왔다. 나오다가 궁금증이 나서 수청방으로 들어가는 늙은 청직이를 보고

『아버지가 왜 저렇게 화가 나섰어?』

하고 물었다. 청직이는 입맛만 다시더니

『차차 알지요. 어쨌든 큰일 났수』

하고 말대답하기를 파하는데

『그래 너 이놈이 아비가 숨두 넘어가기 전에 그런 짓을 네맘대루 헌단 말이냐. 왕가에서두 마음대루 처리를 못허는 걸 네가 그 땅을 그놈에게다 잡혀먹어? 이놈 신문사란 다 뭐 말러 되진거냐. XX가 없는 죽은 목숨이 사업은 뭐구 행세란 다 뭐냐』

하는 자작의 목소리는 사랑채가 찌렁찌렁 울닌다. 화에 들떠서 천정이 야터라고 펄펄 뛰는 눈치다.

태호탕이란 별명을 듣는 자작이 이렇게 큰 목소리로 아들 을 꾸짖기는 처음이었다.

봉환은 눈이 둥그래저서

『큰 언니가 뭘 모두 잡혀먹었다구 저러슈?』

하고 청직이의 소매를 잡어 흔들었다. 청직이는

『글세 차차 알구려』

하고 (네가 참견을 할것이 아니라)는 듯이 외면을 한다. 그러자 또한 큰 사랑에서는

『그래 이 오쟝이 빠진 자식아 이 ○○궁을 네 손으루 망해 놀 작정이냐?』

하는 소리와 함께 와지끈하고 문갑우에 벼루집같은 것을 미여다 부치는 소리가 들린다. 청직이는

『허 이거 큰일났군』

하고 사랑으로 달려간다.

봉환은 어리둥절해 섰다가 슬그머니 겁도 나서 안으로 들어가려는데 산정으로 통해서 다니는 협문에는 어머니가 붙어서서 큰 사랑의 동정을 실피며 부들부들 떨고 섰다.

『아 왜들 저러서요?』

하고 물어도 어머니는

『낸들 아니 아까버텀 큰 형을 불러다 앉치시구는 저렇게 조련질을 허신단다』

봉환은 지밀로 들어가 어둑침침한 중문턱에서 큰 형수와 딱 마주쳤다. 큰 형수도 걱정이 되여서 사랑채에서 무슨 소리가 나나하고 귀를 기우리고 선 모양이다.

봉환은 제방으로 들어갔다.

『퍽 늦이섰군요?』

하고 일어서 두루마기를 벗겨주는 인숙의 얼굴에도 수심이 가득하다.

『사랑에서 외들 야단이시라우?』

하는 남편의 말에

『나두 몰으겠어요. 아까 큰 형님이 그러시는데 아주버님이 장단(長端)하구 포천(抱川)에 있는 전답을 아버님두 몰으시게 도장을 새겨서 잡혀서 오만원이나 내다가 없새섰다나요. 큰 형님은 그 돈을 말끔 그 기생년한테 데밀었다구 한 참이나 콩팔칠팔 하섰어요』

『그래 그걸 임대 몰으구 계섰단 말요?』

『아마 오늘에야 누가 와서 엿주었다나 봐요』

인숙은 두루마기를 의거래에다 걸며

『아마튼 큰일 났어요 배포두 크시지 온 오만원이 얼마야요. 그 땅만 잡히섰는지 누가 아나요. 다른데 더 큰 빚을 지섰는지두 몰으죠』

즉접 제가 당한일이나 되는 듯이 걱정을 한다.

『그 바람에 여송연만 피구 자동차를 타구설랑 밤낮 요릿집에만 댕겼군. 기생첩을 둘씩이나 뒀다는게 정말이지 신문 사는 무슨 신문사야』

하고 봉환은 분개를 하였다. 그러나 큰 형의 일로 분개를 하였다느니 보다도 마침 그날 저녁부터 집안에 큰 걱정이 생겨서 제가 동경유학을 하겠다는 것은 입도 버리지 못하게 된 것이 참을 수 없이 분하였다.

七

그날 밤은 집안이 왼통 수심에 쌓였고 인숙의 기색도 좋지 못해서 봉환은 아모 말도 못하고 이런 생각 저런 궁리로 앉었다 누었다 하며 잠을 일우지 못하였다.

봉환이가 저 자신의 문제나 저의 장래를 생각하고 그것 때문에 걱정이 되여서 밤을 새우다 싶이 하고 번민을 하기는 생후 처음이다.

천정에 얼룩덜룩한 반자지가 동경 시가지의 지도와 같이 보이고 눈을 감으면 모-던 남여가 억개를 것고 다니는 은좌(銀座)의 아스팔드우로 십팔세기때의 서양 예술가들처럼 머리를 굽슬 곱슬하게 지저 넘기고 말쑥한 미술학교에 「스케 취?빡쓰」를 걸너메고 활발하게 걸어가는 저의 모양이 체경 속으로나 들여다 보이는 듯이 어른거린다.

『오오 동경!』

하고 봉환은 입속으로 부르짖었다.

(어떻게 했으면 아버지의 허락을 맡어 하로바삐 떠나갈가)하고 곰곰 생각을 해보아도 좋은 꾀가 나서지 않는다. 공 이에 마디로 큰형 때문에 풍파만 일지 않었서도 십상팔구는 가게 될 가망이 있었을 것을 생각하니 큰형이 여간 원망스럽지가 않었다.

이튿날 봉환은 온종일 장춘단으로 남산 공원으로 맥이 풀려서 돌아다니며 혼자만 가슴을 꿍꿍 알타가(아무튼 한번 의론이나 해 봐야지)하고 길거리에 전등불이 들어올 때에야 집으로 돌아왔다.

저녁도 몇수까락 떠먹는 체만 하고는 아무도 없는 자근 사랑에가 혼자 들어누었다가 잘때가 되여서 인숙의 방으로 들어가 누어버렸다. 봉희가 새로 사온 부인잡지를 보고 앉었는 인숙은

『왜 그렇게 실심해 허서요?』

하고 말도 아니하는 남편의 눈치를 살핀다. 봉환은 눈을 나려 깔었다. 제 댁의 얼굴을 물끄럼이 처다 보았다 하더니 이번 기회에 꼭 동경으로 유학을 가야 허겠다는 것과 장발이란 좋은 동무와 동행을 할 약속까지 하였다는 것을 말한 후

『큰 형님때문에 아버지가 그렇게 이틀째나 화를 내구 계시니 어떻허면 좋우. 장발이 헌테선 나 없는 새 두 차례나 전화가 왔드라는데』

하고 입맛만 쩍쩍 다신다. 봉환의 말을 듣고 앉었든 동안 인숙의 얼굴빛은 몇 번이나 변하여서 붉어졌다 금새 히여졌다 하는데 꼭 다물은 입설만 조금씩 떨닌다.

　　사실 인숙은 남편이 묻는 말에 무어라고 대답을 해야 좋을지 몰랐다. 남편이 유학차로 동경으로 간다는 것은 아직 꿈에도 생각지 않든 터이라 그런 중난한 일에 경솔이 입을 버리기가 어려웠다. 그보다도 이제야 겨오 첫정이 들어서 원앙의 꿈이 바야흐로 달콤한 판에 저의 짝은 제 곁을 떠나 멀고 먼데로 날러가려 하지 않는가.

　　인숙은 남편이 동경으로 가서 성공을 하고 돌아오면 금의로 환향을 하였다는 소식과 사진까지 각 신문에 날 생각을 하니 봉환이 만치나 희망에 가슴이 설레고 새로운 용기가 솟는 것 같었다. 그러나 그보다도 먼저 제 눈앞을 막어서는 것은 (몇햇동안을 그립고 외로워서 나 혼자 어떻게 지내나)하는 것잡을 수 없는 감정이었다. 지금 당자에 떠나는 것도 아니요 싀부모가 허락을 할리가 만무 할줄도 짐작이 되면서도 눈앞에 앉인 그의 남편이 깜짝하고 한눈만 팔어도 그 사이에 날개가 도처 훌쩍 날러가 버릴 것 같기도 하다.

　『어떻허면 좋겠수?』

　인숙의 입만 처다보고 앉었든 봉환은 한거름 닥어 앉이며 급히 묻는다.

　『글세요 가시게만 되면야 좋지만……』

하고 인숙은 위선 유학가는데 찬성한다는 뜻만은 보였다.

그러나 속으로는 (이런때 복순이 허구나 의론을 좀 해보았으면)하고 다시 입을 담으렸다.

八

그러나 복순은 이 집을 떠난지가 오래었다. 떠난것이 아니라 쫓겨났던 것이다. 어느날 복순은 머리를 깎고 들어왔다.

동지들과 무슨 맹서를 하느라고 그랬는지 그 숫허든 머리를 몽땅 잘러 버리고 송낙을 쓴 것같은 더벙머리를 너풀거리며 사랑마당으로 들어오다가 주인 대감의 눈에 띠웠다. 자작은 원체 복순이가 보기 싫여서

『집안이 구중중허게 저따위 추물을 밀허자구 데려다 먹인단 말요?』

하고 못마땅해 하면서도 공주처럼 위해 바치는 마누라의 친정부치라 내보내라는 말까지는 못하고 본체만체로 지내는 터에 평생 처음으로 여승이외의 여자가 단발을 한 것을 보고 펄쩍 뛰었다.

『세상이 망허니까 계집년이 대가리를 깎은 꼴을 다 보는구나. 온 구역이 나서 한 집에 두구는 못 보겠다. 어디 다시 한번 내 눈앞에 띠우기만 해 봐라』

하고 한바탕 야단을 쳤었다. 그래서 조만간 내쫓을 생각을 하고 벼르고 있는 판인데 어느 날은 뜻밖에 정복을 한 경부가 형사 한명을 다리고 황급히 들어와서

『매우 죄송하나 상부의 명령이라 부득이 조하해볼 일이 있어 왔읍니다 박복순이가 쓰는 방을 좀 보여줍시요』

겉으로는 매우 공손한 태도를 보이나 속으로는 슬몃이 대감을 얼러메고는 닷자곳자 안으로 들어가더니 산정 아래채 를 깡그리 수색을 해서 복순이가 보든 책과 편지 몇장을 압수해 가지고 나왔다.

복순은 이틀전에 온다 간다 말이 없이 나간 채 들어오지를 않아서 인숙은 매우 궁금히 넉이던 판에 그런 일을 당해서 집안 식구는 모조리 포승이나 지는 듯이 말 한마디 못하고 덜덜 떨기만하였다. 경부는 주인 대감을 보고

『댁에 있던 박복순이가 종로서에 검거됐읍니다. 비밀히 취소중이니까 사건의 내용은 말슴할 수 없지만 대감

의 처지 로 그런 나쁜 여자를 궁가에다 부처둔 것은 유
감천만입니다.

대감의 신변에두 혹시 누가 끼칠지 모르니 앞으로는
단단히 주의를 허십시요』

하고 경고를 하고 나서 까만 수첩을 끄내들고는 복
순이가 언제부터 와 있었고 무슨 필요로 한 집에다 두고
지냈느냐고 미주알 고주알 캐묻고 나서

『의당히 주인대감을 증인으로 호출할 것이나 귀족이
신 처지를 생각해서 방문하는 형식으로 다녀가는 것입
니다』

하고 환도소리를 덜거덕거리며 나갔다.

그런 봉변을 당한 자작은 겁이 더럭 나서 눈이 둥그
래 가지고 청직이와 둘이서 번차례로 우물쭈물 대답을
해보내고 나서는 화가 머리끝까지 뻐처서

『글세 내가 뭐랍디까? 마누라버텀 눈이 멀어서 그깐
년을 끼꾸 있다가 날꺼정 이렇게 욕을 뵈구 나니 인제
속이 시원허우?』

하고 늙은 마누라의 눈에서 눈물이 풍풍 솟도록 몰
아대었다. 그와 동시에 수색을 한다는 서슬에 간이 콩만
해진 것은 인숙이었다. 얼마전에 복순이가 여자의 이름

을 한 이십명이나 죽 적고 도장까지 찍은 손바닥만한 공책과 얇다란 미능지에다가 활자로 박은 무슨 증서같은 것을 헌겊으로 싸고 또 싸고 해서 주면서

『이걸 꼭 좀 맡어두서요. 뜯어보거나 누구헌테든지 보였다가는 큰일나요』

하고 신신 당부를 한 것을 머릿장 멘밑 바닥의 버선 속에다가 감추어 둔 것이 있었기 때문이었다. 인숙은 가슴속에서 두방망이질을 하는 것을 간신히 참고 그날 저녁에 그것을 끄내여 아궁이속에다 집어놓고 불을 살려 재도 남기지 않고 태워버렸다. 그런지 몇날 뒤에 복순이가 예심에 회부될때 남자 동지들과 함께 사진까지 신문에 난 것을 보았다.

그 뒤로 근 반년이나 지낸 뒤에 복순은 증거불충분으로 기소유예가 되여 나오던 이튼날 밤을 타서 몰래 인숙을 찾어 왔었다.

九

인숙에게 맡긴 것이 발각만 되었더면 복순은 적어도 사오년동안 세상구경을 못할번 하였다. 그래서 그것이 고

맙기도 하고 오랫동안 정도 들어서 인숙을 가끔 찾어 다녔다. 밤중에 뒷문으로 드나들어 봉환이 남매만 못본체 하면 집안 식구에게 들킬 염려는 없었던 것이다.

인숙도 어찌 되었던 복순을 선생으로 대접해 왔고 처음으로 사괴었던 사람이라 한편으로는 또 무슨 일이 생기지나 않을가 하고 조심스럽지 않은 것도 아니면서도 전보다도 더 말슴아니로 지내는 것이 동정에 겨워서 전과 다름없이 맞어주었다. 복순은 전에 다니던 회관에도 몸을 담을수가 없게 되어서 굶기를 있는 사람 밥먹듯 하고 떠돌아다니는 것이 가엾었다. 그래서 용돈도 얻어주고 어떤때에는 옷가지나 금부치까지도 전당을 잡혀 쓰라고 돌려주었다.

워낙 남의 일을 제일처럼 알고 팔을 걷고 나서는 복순은 일테면 인숙의 고문격으로 일을 보아주었다. 새로 난 책도 읽을만한 것을 얻어다 주고 새로운 사상에 관한 이야기도 전과같이 해주어서 감옥속에 가처 있는 것 같은 인숙을 동정하여서 삼청동 친정집에도 이따금 다려다 주며 구진 심부름까지 하였다. 그러나 사상이 서로 공명되거나 동지로써 연락을 하는 것은 아니요 아직은 다만 동성끼리의 정의로 자별히 지내 오는 것이었다.

복순도 사내처럼 거세고 말괄냥이같은 동지들보다는 돌이어 구식의 가정부인인 인숙에게서 이해를 떠난 순진한 인정미를 느낄 수 있었던 것이다.

그날은 기다려도 복순은 오지 않았다. 한림의 제사가 며칠 아니 남어서 제사흥정을 할 돈을 틈틈이 모았다가 복순을 시켜 보냈는데 사흘이나 되어도 아무 소식이 없어서 (또 부짭혀 가지나 않었나)하고 인숙은 적지 아니 궁금하였다.

남편이 유학을 간다는 일절만 하더래도 가부간에 대답을 해야겠는데 저에게는 가장 중대한 일이라 그런 등사에는 저보다 경력이 많은 복순의 의견을 한번 들어보고 나서 대답을 하려고 봉환이가 채우처 묻는데도 확실한 대답을 아니하고 저 역시 밤을 새우다 싶이 하며 별별 생각을 다하였다.

이튿날 저녁에 봉환이가

『장발이 헌테 잠간 다녀오리다』

하고 나간지 얼마 아니되여서 복순이가 와서 방 뒷문을 똑똑 뚜드렸다. 인숙은 평상시보다도 더 반색을 해서 맞어 들였다.

인숙에게서 자세한 이야기를 들온 복순은

『네 네』

하고 「핀도」아니 찔러서 단발한 앞 머리카락이 떨어지는 것이 귀찬은 듯이 치켜 올리며 그 두툼한 입살을 꼭 담을고 한 참이나 생각을 해보다가

『솔직하게 말하면 음악이니 미술이니 하는 한가한 공부를 헌다구 돈만 낭비허는건 반대야요』

하고 머리를 흔들더니

『지금 조선의 형편으로는 그따위 예술가라는 종류의 인간이 조금두 필요치 않으니까요. 그건 다 놀고 먹을 수 있는 계급의 자녀들이 일종의 향락을 하려는 것에 불과허다구 보아요. 그따위 예술가들이 천명 만명 쏘다저 들어와두 조선의 실사회에는 조끔도 유익할 것이 없을뿐더러 즉접 간접으로 없는 사람들의 등골을 뽑아먹는 기생충이 될 뿐이지요』

하고는 또다시 너펄머리를 치켜올린다.

『그럼 어떡해요 한창 맘이 건공중에가 떠 있는데 그 성미에 그예 가구야 말걸요』

인숙의 얼굴에는 다시금 구름이 낀다.

『나두 그런 생각을 못허는 건 아니지만 미술공부야 허구 아니허구 간에 지금 두 분이 떠나 있게 되는 건 자

미가 적을 것 같어요. 동경같은 번화헌 도회지에는 젊은 사람들을 유혹하는게 여간 많지가 않으니까요. 실상 공부보다도 연애를 허는데만 눈이 빨간 학생이 많은 것도 사실이거든요』

하는데 봉환이가 문을 펼석 열고 들어섰다.

＋

『제-기 장발이는 벌서 노자를 변통해 놨다는데 넘우 늦게 가면 입학허기가 어렵다구 혼자라두 떠날 모양이야』

하고 봉환은 복순에게는 인사도 하는 등 만둥하고 모자를 버서 방바닥에다 미여 붙인다. 복순은 몇마디 봉환의 속을 떠보다가 무슨 짓을 해서든지 이 기회에 떠나고야 말 결심이 단단한 것을 보고

『그럼 생각을 해서 허서요 내가 반대를 헌다구 들을 리가 없으니까요』

하고는 더 욱이지 않고 일어섰다. 인숙은 따러 나가서 복순과 한참이나 귓속을 하고 들어왔다. 봉환은 두 손으로 깍 지를 끼고 비고는 보료우에가 반드시 누어

서 눈을 감았다 떳다 하며 있다금 한숨만 몰아쉰다. 마음이 들떠서 벌서 조선 땅에는 몸이 무터있지 않은 것 같다.

『그럼 꼭 가시구야 마실테야요?』

인숙은 봉환의 머리마테가 앉이며 나즉이 물었다.

『왜 딴청을 허우? 뻔히 내 생각을 알면서』

『어떠튼 아버님께나 어머님께는 한번 엿줘보서야 허지 않겠어요』

『여줘보면 뭘허우. 그야말루 자는 호랑이 코침수기지』

『그럼 위선 노자두 없이 어떻게 가실테야요?』

『그러니까 걱정이지 뭐유. 장말이 처름 아무것두 없는 사람두 어머니가 월수를 얻어다 줬다는데 젠장 어떤 놈이 날보구 단십원이라두 줘야지. 정 급허면 어머니 패물이라두 훔처낼테요』

『안돼요 그러다간 집안에서 또 난리라 나게요. 아버님께서는 울화병이 나서서 사뭇 머리를 싸매구 누셨는데 될뻔이 나 헌일이야요』

인숙은 봉환의 말이 떨어지자마자 반대를 하였다.

『그럼 어떡허란 말유?』

봉환은 벌덕 일어나며 골을 더럭 낸다. 인숙은 한참이나 눈을 나려깔고 있다가

『그렇게 조급허게 굴지를 마시구 한 나흘동안만 참으서요. 그동안 무슨 도리가 생길는지 알아요』

『아 정말?』

봉환은 귀가 번쩍 띠어서 인숙의 손을 덥석 잡는다.

『모래저녁이 우리 아버지 제사죠? 제사 참사 허러 삼청동 으로 오시겠어요?』

『해마둑 갔는데 올이라구 안갈라구』

『어머니는 노상 편지않으시지만 요샌 기거두 맘대루 못허 신대요. 그래서 난 낼 저녁에 가 있을테니 모래 제사를 시낼 때쯤 해서 꼭 오셔요. 내가 생각허는건 있지만 그건 그때가 돼봐야 말슴 하겠어요』

『무슨 생각을 했우? 응 미리는 좀 말 못허우?』

봉환은 궁금해 못 견디겠다는 듯이 조급히 뭇는다.

『글세 그럴 일이 있어요 눈 끔적허구 이틀만 참으서요』

하고 인숙은 미소를 먹음으며 남편의 얼굴을 처다본다. 그 눈에는 어떠한 결심이 반득인다.

『아무튼 단단히 결심을 허신 모양이니까 내가 암만

붓 잡는대야 소용이 없을줄은 알어요. 동경가셔서 공부
에만 참심하신다면 난단 무슨 짓을 해서든지 뒤를 보아
들일녀구 맘을 먹었어요』

　그말에 봉환은 인숙의 손을 힘껏 잡어 흔들어

『고마우! 누가 그렇게 맘이라두 써주겠우!』

하고 감격해서 목소리까지 떨인다.

인숙은 눈물이 갈상갈상해 가지고

『그러치만 난 어떻게허실 생각이서요? 나 혼자 이집
에다 내버려두구 발길이 돌아서겠어요』

　한마디를 하고는 업드려 이마로 봉혼의 무릅을 부
비며 어깨를 떨었다.

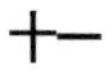

十一

　한림의 제사날 봉환은 초저녁부터 처가로 가서 인숙
의 눈치만 보며 충실한 사위노릇을 하였다. 경직이가 자
정이 지나도록 들어오지를 않어서 축문까지 봉혼이가
쓰고 나서 달 비치 그윽한 삼청동 송림사이로 춘생문(春
生門) 잔디밭으로 휘파람을 불며 거닐다가 들어왔다. 제
사라고 차리는 것은 없것만 경직이가 다리고 사는 계집

은 어린 애를 데리고 뚝섬 저의 친정으로 갔다. 귈녀는 제사때나 무슨 날이면 의례 피해 다녔다. 그런때는 싀집 부치가 꼬여드는 것이 싫어서 어린 것을 업고는 살그머니 나가 버리는 것이 행습이 되었든 것이다.

인숙은 행낭어멈 하나만 데리고 진일 마른일을 하너라고 봉환이와는 이야기할 겨를도 없었다. 피차에 속으로는 무슨 생각이 가득이 찼으면서도 서로 이야기할 틈이 나기만 기다렸다.

저녁때에는 뜻밖에 유모가 우산대 지팽이를 터덜거리며 찾어왔다.

『아이구 우리 자근아씨 목숨이 모지니까 살어 생전에 다시 한번 맞나보는구려』

하고 인숙의 손을 잡고는 질금질금 울었다. 유모는 그동안 모군을 서다 떨어진 아들이 그예 병신이 되여서 어찌나 고생을 했든지 허리가 꼬부라지고 파파로인이 다 되였다. 인숙도 옛날 생각이 새로워서 마루로 부엌으로 오르 나리며 그동안 지낸 이야기를 주고 받기에 바뻤다. 인숙의 어머니도 유모를 붓잡고

『그래두 원수의 목숨이 끈치지 않으니까 이렇게 옛날 사람을 맞나 보것만 꼭 한사람만 못 맞나네 그려 든

정은 물라두 난정은 안다구 무슨 때면 이것의 어미생각이 무뜩무뜩 나서……』

하고 알엣목에 누어 자는 손녀의 머리를 어루만지며 눈물이 덧거니 한다.

『생각이 나구 말굽쇼. 큰 아씨야말루 불상허십죠. 어디가 어떻게 지내시는지 당초에 소식두 모르고 지내시니……』

하고는 안방 편을 흘겨보고는 손등으로 눈두덩을 부빈다.

『다 죽은 송장이 무슨 소식을 듣겠나 한 성중에 사는지두 모르지 이게 자랄수록 제 어미를 닮어가서 내 맘이 더 언짠어이 그려. 서방님이 정말 못헐 노릇을 했느니』

하고 다시금 풀이 죽은 한숨을 쉰다. 유모는 그제야 경직의 생각을 하고

『아 그런데 서방님은 친깃날 어디 출입을 허서서 입때 안 들어오신다우?』

하고 인숙에게 묻는다.

『누가 아우. 얼마전까지두 허욕에 들뜨서서 금점판엘 따러 댕기시는 모양이더니 요샌 아주 노름꾼으두 나

스셨나 봅디다 허구헌날 술타령만 허시니 언제나 정신을 차리시려는지 몰으겠우』

하고 쓸쓸히 입맛을 다시었다.

경직은 초경이 지나고 봉환이가 축문을 읽는데 큰 기침을 하며 비틀거리고 들어왔다. 대청에 배설을 한 젯상우에 흔 들니는 촛불을 개개풀닌 눈으로 멀거니 바라보더니

『내가 들어오기두 전에 누가 제사를 지낸단 말이냐』

하고 반벙어리처럼 소리를 버럭 질르고 나서는 뒷발질을 해서 구두를 흘떡흘떡 버서던지고 마루우로 기어오르면서 대충

『아이구 아이구』

하고 이웃집이 요란하도록 통곡을 내놓는다. 향상 앞으로 버럭버럭 대들면서 눈물코물 뒤범벅이 되여서 함문을 한 뒤까지 목을 놓고 운다.

뼈가 아프도록 설게곡을 하든 인숙이가 느껴가면서

『오빠 고만 지곡을 하서요』

하고 어깨를 흔들어도 그럴사록 무어라고 사설까지 해가며 마루바닥을 뚜드리면서 어린애처름 엉엉 운다.

『무슨 설음이 대단해서 저렇게 유난시리 우누』

하고 허는대로 내여버려두고 보려니까 울음소리가 점점 목구녁으로 기어 들어가더니 조금 있자 모사탕끼를 이마로 받어 술이 업질러지는 것도 모르고 드르렁 코를 골기 시작한다.

어머니가 내다보다가 하도 딱해서 마루로 기어나오며

『이 몹쓸 자식아 어서 들어가 잠이나 자거라 하필 친깃날 이렇게 술을 먹고 들어온단 말이냐』

하고 아들의 소매를 끌어나리니까 경직은 밤중까지 얼녀서 돌아다니든 술친구가 끌어다리는 줄 알었는지

『놔라 이자식아』

하고 게발같은 어머니의 손을 뿌리치더니

『그래두 이놈아 울 아버지 제사는 지내려 가야지』

하고 등 뒤로 헛손질을 한다.

인숙은 눈쌀을 잔득 찌프리고 돌아서서 봉환을 보기가 얼굴이 뜨거웠다.

十二

제사가 끝나고 어머니와 유모가 잠이든 뒤에 젊은

부부는 인가가 드문 집 뒤 동산으로 올라갔다. 봉환은 인숙의 손을 이끌고 후미진 뜰안을 돌아 커다란 즘생이 쭈그리고 앉인듯 한 바위사이에 졸졸 흐르는 샘물소리를 드르며 우중충한 소나무사이를 거니렀다. 달은 초저녁에 기울고 창백한 별들만 두 사람을 나려다보며 깜박이는데 뿌유스름하게 밝어가는 봄 밤의 공기는 북악산에서 나려 질르는 바람이 아니라도 웃깃을 여밀만치나 선선하다. 그러나 사랑과 희망에 뛰노는 슴속의 정열을 시기기에 알마진 밤이다.

봉환과 인숙은 활동같이 땅우로 뻐든 소나무뿌리에 나라니 걸터앉어서 말없이 하늘만 올으러 본다.

시푸른 풀닢자리를 깔어논 것 같은 끝없는 벌판에 수천 수만의 개똥버레가 날러와 앉인듯 반듸불같은 별들은 눈을 반 작이는대로 사람을 놀리는 듯이 반득인다. 그중에도 섯녁하늘의 복두칠성은 더 한층 또렷하게 땅우를 나려다보며 저이들끼리만 무슨 비밀을 속삭이는 듯 봉환은 그 하늘을 향하야 무지개와 같은 한숨을 내뿜고 나서 맥업이 머리를 떨어트린다.

『고단허지 않으서요?』

하고 인숙이가 조심스러히 침묵을 깨트렸다.

『졸린게 다 뭐요? 그런데 기다리라든 일은 어떻게 됐우?』

봉환은 이틀 동안을 두고 인숙의 회답을 기다리느라고 속으로는 여간 조바심을 하지 않었다. 그래서 장인의 제삿날 전에 없이 초저녁부터 대령을 했것만 어린애처럼 따러다니며 물어볼수도 없어서 제댁의 눈치만 보았든 것이다. 인숙은 머리를 숙이고 한참이나 말이 없이 있더니

『이걸루 위선 노자니 허서요』

하고 손수건에다가 꼭꼭 싸써 땀이 나도록 쥐고 앉었든 것을 봉환의 손에 쥐어 주었다.

『이게 뭐요?』

봉환은 그것을 얼는 받어 급히 펴서 별빛에 빛우어 보고는 눈이 커다래지며

『이게 웬거요? 어떻게 변통을 했우?』

하고 떨리는 손으로 조힛장을 세여본다. 그것은 심원 짜리와 오원짜리가 뒤섞인 지전뭉치었다.

『팔십원이나 되는구려』

봉환은 인숙의 어깨를 벗적 끌어 않으며 죽을 목슴을 구해준 은인이나 만난 듯 눈물이 나릴만치 고마워서 어쩔줄을 모른다. 인숙은 눈을 나려깔고

『어떻게 변통을 했든지 그건 아실필요가 없지만요 아무헌테두 내가 노자를 들였다는 말슴을 허시면 큰일 나요』

『내가 누구더러 그런 말을 헌단말요』

봉환은 인숙의 어떠한 명령이라도 들을 것 같다. 생후로 처 음 쥐어보는 큰 돈이었만 어서 생겼는지 그 출처는 더 물을 수 없었다.

(아-인젠 소원을 일우웠구나)하고 하늘을 울으러 부르짖으며 인숙에게 고마운 표시를 어떻게 해야 할지 모르는데 옆에서 가늘게 흑흑 느끼는 소리가 들렸다. 봉환은 인숙의 이마를 조심스러히 치밧들고 두줄기 눈물이 번득이는 얼굴을 들여다보며

『왜 울우? 응 내가 떠날 생각을 허구 섭섭해서 그러우?』

하고 정다히 물어도 인숙은 울음을 참느라고 숨을 죽이며 대답을 못하다가

『아니야요 섭섭한 말이야 해선 뭘 허겠어요. 그렇지만 안 계신동안에 난……』

하고는 말끝을 맺지 못하고 봉환의 가슴에 얼굴을 파묻고 더한층 설게 느낀다.

봉환도 마음이 언잔어저서 울음을 섞어

『이러지마우 응 이러지 말어요』

하고 달래듯 하더니 그 순간의 무슨 결심을 한 듯 인숙의 손을 힘껏 쥐며 목소리를 높여

『자-그럼 나허구 같이 갑시다. 내일이라두 함께 떠납시다』

하고 인숙의 허리를 힘껐 겨않어 일으킨다.

十三

인숙은 고개를 살래살래 흔들며

『아내야요 안될 말슴이죠 내가 가긴 어딜가요. 나처럼 대문 밧도 모르고 자라난 여자가 뭘허러 동경까지 따라가겠서요. 혼자 가시기두 이렇게 어려운데』

하고는 제 허리에 감긴 봉환의 팔을 풀고 따로 앉더니

『그렇지만 떠나시기 전에 꼭 한가지 특청헐게 있는데 들어 주시겠어요?』

하고 다시 닥어앉이며 눈물이 글성글성한 봉환의 얼굴을 처다본다.

『듣구말구 여부가 있우』

『꼭이요?』

『그럼 저 하늘에 별들을 두구 맹세할테요』

『정말요? 꼭 들어주시죠? 저- 다른게 아니라 나두 공부를 허게 해주서요. 학교엔 못당기드래두 강습소에라두 당길테야요. 이번에 가시면 적어두 사오년은 게서야 졸업을 허구 나오시지 않으시겠어요? 그동안 난 집에 있어서 부모님을 뫼시고 지내는 것이 남의 며누리된 도리에 옳겠지만 살림두 안는데 집구석에만 가처 앉어서 조석문안이나 들이구 침모처럼 다른 식구의 바누질이나 해주면서 지내기는 넘우나 억을해요. 나한테는 아무 의미가 없는 일로 세월을 보내기는 참 정말 아까워요』

『그러니까 같이 가자구 그러지 않우? 동경가서 방 하나를 얻어 가지구 둘이자취를 허면서 번차례로 학교엘 다니면 좀 자미가 나겠우? 그럼 아주 우리 둘이만 사는 세상일걸. 여기서 다닌다면 첫대 아버지 어머니가 내노실 상싶우?』

『같이 가자는 건 공상이야요. 나두 그런 꿈을 꾸어는 봤지 만 아무튼 내가 따러갈수가 있다느래두 여자 허구 한데있으면 되려 공부허시는데만 방해가 될테니 전 여기서 댕겨볼테니 아버님 어머님께 허락이나 맡어주서요』

봉환은 이슬이 진주같이 매친 풀닢을 쥐여뜻고 있더니

『내가 지금 도망을 가려는데 어떻게 그것버텀 허락을 받는단말요』

하고 슬그머니 뒤통수를 긁는다.

『그러니까 이럭허면 어때요? 떠나신 뒤에 내외분께 큰형으로 하야 집안에 걱정이 생긴 것을 보고 유학을 가겠다는 말슴이 참아 나오지 않어서 엿줍지도 못하고 떠나 왔으니 인자의 도리에 천만 죄송합니다. 라고 편지를 기다라케 잘 허시면 노염을 푸시구 몸성히 있기만 바라시게 될께 아니야요?

아직두 어떡허든지 학비쯤이야 보내지 못허겠어요. 그러니 그 뒤로도 몇달동안 뜸을 들였다가 내가 두 분의 눈치를 봐서 편지를 헐깨요. 그땔랑은 지금은 옛날과 시대가 달르고 세태는 바꾸여가는데 가정부인도 신학문을 모르고 견문이 아주 없으면 앞으로 원만한 결혼생활을 할수가 없겠으니 늦엇으나마 제 댁을 내노하 공부를 시겨줍소서. 만일 소자의 간절한 소청을 들어주시지 않으셨다가는 일후에 후회하서도 그때는 미치지 못할줄 아시옵소서』

하고 단단히 편지만 몇번 허시면 마지못해 허락을 허실게 아니야요. 뒷일은 자근아씨나 복순이가 다 보아 줄테니까요』

하고는 남편의 얼굴을 뚫어지도록 들여다 본다. 봉환은 눈을 꿈적꿈적 하고 듣고 앉었더니

『그럼 이왕이면 지금 말현대루 편지사연까지 미리 적어주』

한다. 그 말에 인숙은 울음을 깨물었든 입살에 방싯이 우슴을 먹음었다.

그리고는

『꼭 그렇게 해주시죠? 무신일이 있든지 내말을 잊어버리지 않으시겠죠?』

하고 다시 한번 뒤 다진다.

『염려 말우. 저 하늘을 두구 저 별들을 두구 맹세를 현다구 그러지 않었우』

봉환은 다시 손에 땀이 날듯한 악수와 가슴이 우그러들듯 굳세인 포옹으로 저의 결심을 보였다.

밤이야 밝거나 말거나 두 사람은 시간이 가는 것을 잊어 버렸다. 발밑에서 졸졸졸 흘러 나리는 샘물소리도

지금은 그들의 귀에 들이지 않는 듯 안타까운 이 밤에
눈물을 먹음은 네 줄기 시선은 동녘 하늘에 뿌유스름하
게 걸친 은하(銀河)를 꿈속같이 바라다볼뿐……

2장

약혼
········

—

어느 공일날 오후였다. 봉희는 동무집으로 놀러간다
고 교복으로 갈어입으려는데

"별당마님께서 자근아씨를 잠간 올러 오라십니다"

하고 허리꼬부라진 안짬재기가 나려와서 일르고는

"좋은일이 있으니 양복은 벗구 조선옷을 곱게 입구
오세요"

하고 얼굴에 주름을 잡으며 저혼자 웃고 돌아선다.

"할머니가 왜 나를 불으셔? 누가 왔어?"

하고 봉희는 교보을 버서 던지고 치마저고리로 갈어
입었다. 봉희는 이틀에 한번이나 사흘에 한번, 그것도 마
음이 내켜야 할머니에게 문안을 하였다. 할머니는 정말

연화대로 갈날이 멀비 않었는지 앉어서도 염불이요 누어서도 염불이다. 사바세계와 가족까지도 잊어버린 듯이 거들떠보지도 않고 나무아미타불만 불으고 지내든터에 무슨 일로 오늘은 손녀를 불으는지, 봉희는 매우 궁금해서 별당으로 올러갔다.

별당댓돌에는 여자의 신이두어커레나 노였다.

(누가 와서 나를 보자나?)하고 봉희는 할머니의 방으로 들어갔다. 할머니의 좌우에는 한 륙십이나 된 뚱뚱한 마누라와 죽은깨가 닥지닥지한 얼굴에 횟박을 뒤집어 쓴 것처럼 분을 하얗게 바르고 옥색치마를 입은 사십 남짓한 여자가 앉어서 들어서는 봉희를 처다본다.

늙은 마누라는 가끔 할머니를 찾아오는 것을 본 듯하나 눈알맹이가 발같토록 분을 바른 여편네는 처음이다. 할머니는 엄지손가락으로 염주를 굴리며

"이 어른 뵈워라"

한다. 봉희는 두 여자에게 하고 싶지 않은 절을 하였다.

"넌 나를 몰으리라만 나는 네 할머니허구 이종사촌간이야. 좀 가까우냐마는 이젠 나다니기도 힘에 붙여서 자연 자주 오지를 못했다"

하고 곁에 여편네를 돌려보며

"낭자야 저만허면 극가 허지. 어떻소? 첫눈에 차오? 옛날처럼 싀집을 일즉암치 갔드면 벌서 아들을 한 두엇이나 나았겠오"

하고 봉희를 물끄럼이 처다본다.

"나이룬 여간 숙성허지 않군요. 어글어글허니 참 맏며누리 감인걸요"

하고 '횟박'은 토끼눈같이 빨갓게 불거진 눈을 치뜨고 봉희를 면구스럽게 처다본다. 봉희는 그 눈을 마주보기가 무서워서 고개를 돌렸다. 머리도 기름항아리에다가 당것다 빼낸 것처럼 빤지르르하게 빗고 가루마를 분실까지 노아갈렀는데, 금비녀를 꼬자 느슨하게 떨어트린 쪽은 파리가 앉이면 낙상을 할듯하다(어쩌면 조런 깜찍스런 여편네두 세상에 있어)하고 봉희는 그 여편네가 꿈에 보일가 무서웠다. 할머니는 사방침에가 기대며

"저건 말괄양이야. 그저 굴레버슨 말처럼 뛰어나 댕기지 그래 언제 하루나 들어앉어 봤어야지 여태 제 저고리 하나도 꼬매 입을줄 몰을걸"

하더니 머리를 폭 숙으리고 버선등만 굽어보고 섰는

손녀를 처다본다. 뚱뚱마누라는 '횟박'을 가르치며

"참 이분은 너 첨이지? 저계동 한참판의 며느님인데 연분이 있으면 네가 싀어머니로 뫼실 분이다"

하고 배를 떨며 사내처럼 껄걸 웃는다. '횟박'은

"온 아주머님두, 어느새 그게 다 무슨 말슴이세요?"

하고 열병을 알는 사람같은 눈을 흘려 보인다.

(누가 와서 나를 보자나?) 봉희는 얼굴뿐 아니라 손등까지 빨개 지는 것 같었다. 저의 선을 보러온 눈치는 벌서 채였것만 어린애처럼 난 싫다고 도망을 갈수도 없어서 허는 양이나 구경을 하려고 섰자니, 얼굴 가죽이 간지러워 견딀수가 없다. 더구나 저를 세워놓고 넘우 숙성허니 애를 둘이나 밋젔느니 하는데는 모욕을 느끼지 않을 수 없다. 게다가 '횟박'과는 눈이 마주치면 소름이 쪽 끼처서 할머니를 보고

"학교서 운동 연습이 있어서 곧 가봐야 하겠어요"

하고 장지를 탁 닫고는 입을 삐쭉하고 나와버렸다.

二

"아이 우스워 죽겠어, 난 별꼴을 다 봤우"

하고 봉희는 대청에서 인숙을 붓잡고 '횟박'의 형용을 그리면서 허리를 잡으며 웃는다

"나두 구경을 좀 했드면"

하고 인숙도 따러우섰다.

"그래두 저는 아주 장안에 제일가는 미인으로 알길레 나좀 봐달라는 듯이 낮작을 처들구 행길로 쏘댕기지 대낮에 도깨비가 나왔다구 나같은 며누릿감들은 풍지박산을 헐걸"

하고 봉희는 발굼치로 마루바닥을 쾅쾅 굴르며

"별당엔 올러가봐요. 내가 거짓말인가"

인숙의 등을 떠다민다.

"뭘보구 저렇게 우수?"

하고 큰 오라범댁이 마루로 나오다가 그 말을 듣고 고개를 끄덕이더니

"오-라, 한참판의 며누리가 자근아씨 선을 보러 왔어?"

하고 고개를 갸우둥 하고 무엇을 생각하더니

"그 여편넨 삼취댁인데 그것도 근본은 진주라든가 어디 기생 출신이래, 차리구 댕기는걸 보면 짐작되지 안우? 게다가 한참판의 아들은 아편쟁이로 몰으는 사람이

없는데 아마인 체 열댓살쯤 된 아들이있지. 죽은 참판의 환갑때 어머님께서 다녀오셨는데 침을 질질 흘리는게 미거허디 머거허드래. 그래서 동무들은 문여리란 별명을 지어 불은단 말까지 들은 법해"

하고 자기생각에도 봉희와는 가당치도 안타는 듯이 픽 웃고는 찬마루로 나려간다.

"왜 머저리는 아니구 문여리야"

하고 봉희는 방으로 들어가 옷을 갈어 입었다. 인숙은 따러 들어와서 봉희의 어깨에 손을 언지며

"그래두 넘우 우숩게만 생각허지 마우.

그런 일이란 어떻게될지 알 수 없는건데, 아버님께서는 별당 할머님 말슴이라면 털끗만치도 거역을 못허시는걸 잘 알지 안우? 아무튼 선까지 보구 갔으니깐 당신네끼리 턱 혼인을 정해버리면 어떡헐테요?"

하고 저 자신이 병든 싀증조모가 증손부를 보고 죽어지라고 유언을 허다싶이해서 아모것도 몰으고 이 집으로 싀집을 와서, 오늘날까지 속을 썩히고 지내든 생각을 하고, 싀누의 일이 남의 일 같지 않게 걱정이 되었든 것이다. 봉희는 제일은 저의 마음대로 할 어떠한 자신이나 있는 듯이

“이란 심빠이 하게아다마”

(쓸데없는 걱정을 허면 대머리가 벗겨저요)하고는 팔을 휘젓고 나간다.

“어디 가우?”

인숙은 쫓어나가며 물었다.

“나 선보러 가우”

“아 누구를?”

“계동 한참판집 문여리를 보러”

“아이 우슴엣 소리만 허지말구..... 저- 그이헌테 가우?”

“그이가 누구요? 아이 새언니두..... 지렛짐작 매꾸레기라우”

하고 봉희는 상글상글 웃는다.

“오늘은 좀 늦게 들어 올른지 모루”

하고는 댓돌에 나려서서 양말을 치켜신고 나갔다.

.... 마침 세철은 집에 있었다. 요새는 어떻게 해서 학비를 내고 학교에를 다니는데 얼마 아니 남은 졸업시험은 볼 생각도 아니하고 제가 전문으로 연구하는 무선전신에 관한 책으르 빌려다 놓고 그것을 골독히 들여다 보며 ‘라디오’ 기게같은 것을 방안으로 하나를 벌려놓고

앉었다.

"또 지저분허게 늘어 노셨구면요"

하고 봉희는 제집처럼 문을열고 들어섰다. 세철은 귀에 대 였든 '레시버'를 떼며

"봉희씨 오는 소리를 난 단파(短波)로 듣고 있었지요"

하고 벙긋이 웃는다. 봉희는 세철의 앞에 늘어 논 장난감같은 것을 밀어 놓고 앉었다.

"저..... 아주 반가운 소식하나 전할까요?"

"네? 별안간 반가운 소식이라니요 복순이가 나왔에요?"

세철의 눈은 금방 동그래진다. 봉희는 눈을 색시처럼 앞에로 깔고

"나 약혼했어요"

하였다.

三

세철은 봉희의 얼굴을 물끄럼이 쳐다보더니

"네- 약혼을 했에요"

하고 처연스럽게 고개를 끄덕인다. 봉희가 약혼을 하거나 결혼을 하거나 제게는 아무상관도 될 것이 없다는 듯, 어떻게 그다지 급작시리 혼인을 정했느냐는 말도 그 상대자가 누구냐는 말도 물어보려고 들지를 않는다. 어둔 밤에 홍두깨 내밀 듯 그런 말을 불쑥하면 갑작이 놀라서

"아 언제? 누구허구?"

하고 제게로 달려들줄만 알었든 세철이가 뜻밖에 너무나 냉정한 태도에 봉희는 탕개가 풀려서

"아 남이 약혼을 했다는데 어쩌면 저렇게 들은척만 척 허서요?"

하고 빨끈해서 돌이어 세철에게로 달려들 형세를 보인다.

"남이 약혼을 했다는데 내가 알은체를 헐게 있나요. 나이 찬 처녀가 시집을 가게 되는게 이상할것두 없지요"

하고 세철은 여전히 느물거린다.

"난 갈테야요"

하고 봉희는 발딱 일어선다. 세철은 그 큰 눈을 꿈벅꿈벅하고 봉희를 쳐다본다.

"무에 그렇게 급해요? 정해논 사람이 어디루 도망을

갈까 봐 그래요? 나 국수 먹일날이나 알으켜 주구 가시구려"

"듣기 싫여요?"

봉희는 발을동동 굴른다.

"글세 한번 맘속으로 단단히 정해논 사람이 하늘로 올러가거나 땅속으로 들어갈리는 없겠지요?"

"단단히 정해논 사람이 누구야요?"

"왜 금방 약혼을 했다구 자랑을 허군요?"

세철은 더한층 끈죽끈죽하게 묻는다. 봉희는

"난 안직 아무헌테도 정식으로 약혼은 안했어요"

하고 제풀에 다시 주저앉는다.

"이건 정신을 차릴수가 없군요. 약혼을 했댔다가 금세 또 안 했댔다가…… 나를 놀리는 셈이에요?"

"놀리긴 누굴 놀려요 세철씨가 자꾸만 날 놀리죠"

세철은 보든 책을 접어 책상에다 던지며

"초록은 동색이라는데 어느 귀속의 찌끄럭지나 백만 장자의 맏아들이 눈을 꿈벅꿈벅 허구 봉희씨를……"

하고 또 이죽거리기를 시작하는데

"듣기 싫어요! 또 그런 소릴 헐테야요?"

하고 봉희는 뒤로 달려들어 손바닥으로 세철의 입

을 틀어 막었다. 그래도 세철은 반벙어리처럼 입속으로 저 할말을 다 하고야 만다. 봉희는 골이 꼭두까지 올라서

"뭐 내가 내맘대로 약혼을 했다구 그랬나요. 아까 여기 오기 전에 별당할머니가 불르시길래 올러갔드니 깍지똥같이 뚱뚱한 마누라쟁이허구 분을 횟박같이 뒤집어 쓴 여우처럼 생긴 여편네허구 와 앉어서........."

하고 거진 단숨에 말을 몰아쳐서 경과를 보고 하였다.

세철은 빙그레 웃으며 봉희의 이야기를 흥미깊게 듣고 앉었더니

"그러면 그렇지, 난 속으로 깜짝 놀랐지요. 우리 봉희씨가 맘에 없는 약혼을 했을리가 있나요"

하고 차츰차츰 진실한 태도로 변한다. 봉희는 '우리 봉희씨가'한 '우리'하는 구절이 여간 의미깊게 들리지 않었다.

(내가 저이헌테 너무 실없이 굴었나보다)하고 뉘우치기도 하고 새삼스러이 부끄러운 생각이 들어서 무슨 말을 할듯할 듯 하면서도 입밖에 내지를 못하고 고개를 떨어트리고 앉었다.

세철도 입을 꽉 다물고 한참이나 묵묵한 가운대 무엇을 생각하더니 봉희의 앞으로 고처앉으며

"봉희씨!"

하고 무겁게 불른다.

"네?"

하고 봉희는 머리를 들었다.

"그럼 그런 일이 있었다구 내게 보고를 허러오신게 아니라, 정말 정식으로 약혼을 허러 오셨지요"

세철의 음성깊은 한마디는 봉희의 가슴 한복판을 찔렀다.

四

세철은 모든 형식을 싫여하고 헡은 약속을 하지 않는 성미였다. 겉으로 사교적 탈을 뒤집어쓰고 의면치레를 번지르르 하게하는 사람치고 속속드리 진실한 사람을 보지 못하였고, 입술에 발린 맹서를 아무에게나 훗두로 하는 사람치고 반듯이 그 행동이 말을 따르지 못하는 것을 몇 번이나 체험하였든 것이다. 비록 짧기는 하나마 가장 어둡고 험난한 인생의 고해를 헤염처 온 세철

은 세상의 가진허의(虛)와 온갖 가식(假飾)에 족므도 물 들지 않고, 그따위 위선자들과 싸워 나가려는 것이 그의 주의요 또는 봉희를 맛날때마다

"우리는 라체생활을 협시다. 빨가벗고 큰길을 걸어 다녀도 조금도 남부끄러울 것이 없이, 남의 눈을 가리지도 말고 제 맘이나 몸을 꾸밀 생각도 허지말고 둘이 손을 단단히 잡고 뚜벅뚜벅 인생의 길을 걸어 나갑시다. 지금부터 생활난과 싸울 준비를 허면서 사회의 모순과 죄악을 상대로 싸워갈만한 건강과 용기를 기릅시다"

하고 귀가 젖도록 저의 주장을 선전해 왔었다. 봉희가 동경유학이나 음악공부같은 것을 하려든 공상을 깨트리고 사범학교의 연습과를 지원한 것도 세철이가

"음악이고 무엇이고 천재가 있드래도 잘해야 일년에 한번쯤 연주회를 열어가지고야 입에 밥이 들어 가나요. 내말대로 보통학교훈도 자격이라도 얻어두세요. 봉희씨두 앞으로는 적으나마 경제적으로 독립을 허는 것이 더러운 부잣집으로 시집을 가는 것 즉 한 평생을 계약하고 매음을 하는 것버덤은 얼마나 신성헐지 모르니까요"

하고 누누히 권고를 하였든 것이다. 그와 동시에 이른바 귀족의 영양의 탈과 시집가는 것을 기회로 놀고 먹으려는 관념을 타파해 주기에 힘을 드렸다. 봉희도 세철의 영향을 받었다느니 보다는, 그만 지각이 날 나이도 되었고, 또는 저의 집 형편이 앞으로 밥을 굶을 지경에까지 이를지도 모르는 터이라, 저의장래에 대해서 적지 아니 고민을 하고 짐을 편안이 자지 못헐 때도 많어서 그럴때마다 세철을 찾아와서 저의 사정과 고민을 하소연하듯하였다.

……"약혼을 허러 왔느냐"고 뒤집어 씨우는 세철의 말에 봉희는 머리를 들지 못했다. 두사람 사이에 약혼이란 말이 새삼스럽기도 하려니와, 이제와서

"우리 약혼합시다"

하기가 피차에 쑥스럽기도 하였다.

그러나 여자인 봉희의 생각에는 (아무 형식을 무시허는 사람이기로 그래도 정식으로 약혼을 허자는 말 한마디없는 건 암만해도 을 찍지않은 문서같어)하고 섬섬도 하야서 어떻게든지 아퀴 짓고 싶었다. 일생의 가장 중대한일을 남들처럼 형식은 가추지 않드래도 서로 똑똑이, 또는 단단히 언약이라도 하고 싶건만, 세철은 약혼이

니 결혼이니 하는 말이나면 슬금 슬금 꽁문이를 빼며 딴전을 붙여왔다.

"왜 대답을 못허세요?"

하고 세철은 돌이어 봉희의 대답을 재촉한다. 봉희는 치맛자락에 붙은 솜보무라지만 배비작거리고 있다가 어느 틈에 눈물이 갈상갈상해 가지고

"그 고집 센 할머니나 완고한 아버지 어머니가 정혼을 했으니 그리로 시집을 가라고 억지를 쓰시면 어떡해요?"

하고 응원이나 청하는 듯이 세철을 쳐다본다. 세철은

"거 걱정할거 없지요. 벌서 약혼을 했다구 하면 고만이 아니에요"

하고 대수롭지 않게 대답을 한다.

"누구 하고요."

봉희는 세철과 무릎이 닷도록 바싹 닥어앉는다.

"저- 어미애비두 없구 상놈인지 양반인지두 모르는데 게다가 피천한닢 없어서 딱딱이를 치구댕기는 고학생허구 벌서 약혼을 했다구 바른대루 말할 용기가 없에요?"

봉희는 귀를 막고 세철의 말을 들으려고 하지 않는다. 세철은 심호흡을 하듯이 한숨을 내쉬며

"나역시 그런 말을 허구 싶어서 허는게 아니예요. 아직까지 세상고생을 몰으구 자란 봉희씨가 나같은 사람을 결혼의 상재다로까지 생각을 허신다면 과연 앞으로 어떠한 고생이든지 죽는 날까지 같이 할 참는 힘이 있을는지가 의문이예요.

또는 나같은 사람의 어떠헌 점을 취해서 한평생의 운명을 맡기려는지, 난 아직 봉희씨의 속마음을 잘 알지 못해요."

하고 매우 침착한 어조로

"봉희씨! 대관전 진정으루 나를 사랑허세요?"

하고는 검붉은 얼굴이 대초빛이 된다. 봉희는 부끄럼없이 얼굴을 들었다.

"그건 무슨 새삼스런 말슴이야요? 왜 내가 맨첨에 편지 대신 적어 보낸 시를 잊어버리셨에요 난 이 세상 남자 중에는 맨 처음 세철씨를 알았으니까 맨 나종까지 단 한 사람헌테만……

사랑은 둘이 아니요 다만 하나뿐이니까요"

"그렇지만 나는 조금두 봉희씨의 사랑을 독점헐 아

무 자격이 없는 사람이요"

"내가 세철씨를 사랑허는 것만큼 그 이상으로 세철씨도 나를 사랑해주신다면 벌서 내 사랑을 받으실 자격이 생긴게 아니야요?"

하고 봉희는 세철의 말을 반박하듯 하더니

"처음엔 세철씨가 이 천지간에 의지헐 사람이 없는 외로운 사람이신데 무한히 동정을 했어요 그러다가 사괴어 볼수록 그렇게 지독한 고생을 해가시면서도 조금도 장래를 비관치 않으시는 것, 아무리 어려워도 털끝만치도 남을 의뢰허지 않으시고 누구헌테나 머리를 숙이지 않고 무엇이고 내손으로 허구야 말겠다는 의지력(意志力)이 강철처럼 구드신데 탄복을 했어요"

"아니아요"

봉희는 머리를 흔들며 굳세가 세철의 말을 부인하였다.

"내가 세철씨를 사랑허는건요, 저렇게 남성적으로 단련을 받으신 건강한 몸이, 그 온몸이 이 사회의 모순과 부정헌것과 싸와 나가려는 열정에 부글부글 끓고 있어요. 세철씨 곁에만 가면 내가 입때까지 공상허든 것이나 전에도 노 '히니꾸'를 허시든 처녀적인 '쎈티'헌 감정이 그 정렬이 그 불길에 녹아 버리고 다른 세계가 눈앞에 환하게 내다뵈는 것 같아요."

하고 푹 엎드리더니 세철의 무릎에 이마를 부비며

"난 몰라요. 그밖에 난 몰라요. 왜 세철씨를 만나지 않구는 견딜수가 없는지………

난 이렇게 한평생을 세철씨 곁을 떠나고 싶지 않어요 난 아무것도 몰으고 세상 경험도 없지만 몸이 으스러지는 한이 있드래도 무슨 짓이든지 해서 세철씨를 행복허게 해 드릴테야요"

봉희의 목소리는 감격에 떨린다. 세철은 매우 침통한 표정으로 아래 입술을 지긋이 깨물고 봉희의 사랑의 고백을 듣는다. 봉희는 머리를 번쩍 들며

"왜 아무 대답도 않어서요? 세철씨는 나를 어떻게 생각허서요?"

하고는 저만 먼저 고백을 한 것이 분하기나 한 듯이 달려들듯하며 세철의 대답을 재촉한다.

六

세철은 두꺼운 입술을 꽉담을고 팔짱을 끼고 앉어

서 봉희의 질문을 받고도 쥐오줌으로 세계지도를 그린 천장을 한참이나 처다보더니

"그땐 맨 첨으루 써보내신시를 날더러 잊었다구 하겠지요?

천만에, 잊어버렸을 리가 있나요. 구절구절이 이 가슴에 색여 두었에요"

하고 붕그시 내민 저의 가슴을 가르치더니

"사랑은 비뒤의 무지개처럼 사람의 감정과 리상을 무한히 끓어 올리는 가장 아름다운 인생의 목표라구 했지요? 나는 그 사랑이라는 것을 생후에 처음으로 봉희씨헌테서 느꼈에요. 어디서 무슨 바람에 날려왔는지 모르는 이름도 없는 씨앗 한톨이, 낙엽틈에 끼어서 거츠른 벌판을 저홀로 굴러다니며 아무헌테나 짓밟히다가 처음으로 단비를 촉촉히 마진것 같어요. 꺼풀만 남은 쭉정이가 그 빗물에 불어서 싹이 도드려구 하는 것은 그야말로 상상도 하지 못했든 기적(奇籍)이여요. 그 기적을 행한 요술쟁이는 다른 사람이 아니라, 바로 이 봉희씨니까요"

하고 세철은 봉희의 손을 덤석 쥐고 목소리를 조금 높여

"봉희씨가 이 세상에서 처음 만난 남자가 나라구했지요. 그 와 마찬가지로 나두 지금은 얼굴두 잊어버린 어머니에게서도 못하든 애정을 봉희씨에게서 느꼈에요. 그러니까 나헌테 있어서 봉희씨는 온 세계의 여성들이 나헌테 파견한 다만 한사람뿐인 사랑의 사도요, 대표자가 아니겠어요?"

세철의 말은 점점정렬을 띠우고 봉희의 얼굴은 점점 혈조(血潮)를 띠운다.

"봉희씨! 그렇지만 사랑이라는 것이 아모리 그 본질은 신성한 것이래도 두 남녀끼리만 독차지를 하는 가장 리기적(利己的)이요 배타적(排他的)인 연애가 돼선 못쓸줄 알어요. 우리 돌이서만 달큼한 연애의 꿈을 꾸고 지낼 수 있도록 이 조선의 현실이란 편안치가 못하니까요. 또는 심술사납고 작난꾼인 운명(運命)이라는 것이 우리 두 사람에게만 연애를 향낙할 시간과 여유를 주지도 않을 테지요"

여기까지 잠자꼬 듣고 앉었든 봉희는 일종의 불안을 느끼며

"그럼 리 기적이 아닌 사랑이란 어떤건가요?"

하고 고개를 든다. 세철은 아래웃니를 꽉 물고 뜸을

드리는데 숨소리가 차츰차츰 높아진다.

"우리의 사랑은 폭포수같어야 해요. 바위를 차고 모래를 짓찟고 천길이나 나려치는 폭포수같이 거침없이 나가야 해요. 우리 두 사람의 가슴속에서 끓어오르는 사랑은 어느때를 맛나면 화산처럼 폭발하여서 의분에 타는 시뻘언 분로의 불길을 분화구처럼 뿜어내게 해야만 해요. 그시에도 그러지 않었에요"

'사랑은 의를 위해서 붉은 피로 역사를 물들인다'고 세철의 얼굴의 근육은 찢어질 듯이 긴장하고 전신의 피는 머리로 끓어 올으는 듯이 상기가 되었다.

세철은 봉희의 손을 놓고 물러앉으며 이제까지 한 말의 결론을 짓는다.

"봉희씨! 나는 당신을 사랑하기 때문에 극진히 사랑하기 때문에 약혼은 할 수 없세요!"

七

"네? 그게 무슨 말슴이야요?"

봉희는 놀라지 않을 수 없었다. 이제와서 약혼을 할 수엇다고 딱 잡어때듯할줄은 꿈에도 생각지 못하였든 것

이다. 세철은 졸지에 냉정한 눈초리로 동그라진 봉희의 눈을 똑바로 들여다보며

"봉희씨를 둘도없이 진정으로 사랑하기 때문에 약조는 할수 없에요!"

하고 말의 구절마다 힘을 들여서 되풀이하였다.

봉희는 그 말 한마디를 따저묻자 고만 낭판이 떨어저서 돌팔매를 마진 실과 나무가지처럼 머리를 떨어트렸다.

두 사람 사이에는 거진 십분동안이나 무거운 침묵이 흘렀다.

창밖에는 날이 저물어, 전등도 없는 방안은 안개가 끼듯이 점점 침침해 온다.

"그게 진정이세요?"

하고 간신히 이마를 들고 나즉이 뭇는 봉희의 목소리는 울음에 떨렸다.

"내가 그런 중난한 일에 거짓말을 할 듯 싶어요?"

세철은 여전히 냉정한 태도로 반박하듯 한다. 두 번 다시 재처 물어서 약혼을 거절당한 것을 확실히 안 봉희는 무안하다든지 무색하다는 말로는 허용할 수 없을만치 머릿속에서 때아닌 폭풍우가 뒤세레는 듯 당장에 어

지러뜨릴 것 같았다.

(사랑하기 때문에 약혼까지는 할 수 없다구? 그런 말이 어딧서? 바루 나한테 마땅치 않은 점이 있다구 솔직하게 말을 하는게 옳지 그려.)하고 봉희는 자존심을 상해서 제가 먼저 사랑을 고백하고 결혼까지 할 약속을 해달라고 재촉 비슷이 한 것을 뉘우쳤다.

(내가 어리석지. 남의 속은 똑바로 알지도 못하구서 그런 말을 먼저 했으니.....)하며 세철에게 농락을 당한 것처럼 슬그머니 분한 생각까지 들었다. 그러나

"왜 내가 당신허구 결혼할 자격이 없어요? 당신의 눈에 뭐 부족해요?"

하고 빠득 빠득 달려들며 약혼까지는 할 수 없다는 이유를 미주알 고주알캐고 앉었술수도 없다. 봉희는 얼굴이 붉었다 햇슥해졌다 하다가(내가 뭘하러 저이 앞에 마주 앉었서)하고는 금새로 제 얼굴과 몸둥이까지도 세철에게 더 보이고 싶지 않었다.

(창피하게 뭘 바라고 턱을 처들고 앉었는거야)하고 남의 말하듯 하고 막 일어서려 하는데 홀연히 별당에서 보든 '횟박'이 환등처럼 눈앞에 나타난다. '횟박'은 제게로 오라는 듯이 손직을 까한다. 그의 등 뒤에서는 장구

통같은 머리에 헌데가 덕지덕지 해가지고 저고리 앞자락을 질질 흘리는 실랑감이 제 앞으로 팔을 버리며 지척지척 걸어온다. 봉희는 눈쌀을 잔뜩 찌프리며 고개를 홱 돌렸다. 세철은 손작란처럼 '라듸오'에 쓰는 철사를 엄지손가락에다 돌돌 감고 앉어서 겻눈으로 흘금 흘금 봉희의 눈치만 살핀다. 봉희는 급작스리 세철이가 능글 마진 것 같어서

"난 가요!"

하고 발딱 일어서며 치마자락을 털었다. 세철은 물끄럼히 봉희의 얼굴을 처다보더니

"게 앉으세요"

하고 방바닥을 가르치더니

"저녁때가 지내서 배가 고픈데…… 나 밥좀 지어주구 가시지요"

하고 위엄있게 명령을 한다.

八

봉희는 슬그머니 주저앉을 수밖에 없었다. 달은 일이면 몰으되 시장허니 저녁을 먹게 해 달라는 사람을

떼치고 갈수는 없었다. 또 한편으로는 세철이가 밥을
먹게해 달라는 것이 정답기도하고 둘이서 이제까지 사
괴어오는 동안 한끼도 음식을 같이 먹어 본적도 없어
서 약혼일절은 어찌되였든 저녁이나 함께 먹어 보고도
싶었다.

(돈이나 가지고 왔드면 뭐나 좀 식켜다 먹을걸)하고
서성거리다가

"밥을 어떻게 지어요?"

하고 물었다.

"밥을 어떻게 짓다니요? 밥을 지을줄 몰으는 여자두
있나요? 쌀을 삶으면 밥이 되겠지요? 저 궤짝속의 신문지
봉지에 쌀이 들었으니 꺼내세요"

하고 세철늠 턱으로 밖았 툇마루에 놓인 석유궤짝
을 가르친다.

"쌀만 있으면 어떻게요?"

봉희는 밥을 어떻게 지을지도 겁이 나는데 반찬거리
가 걱정이 되어서 물었다. 세철은

"간장이나 소금만 있으면 넘어가지요"

하고 양복바지 주머니를 훔척훔척하더니 십전짜리
백통전 한푼을 끄내주며

“자 이걸루 솜씨껏 반찬을 맛나게 해보세요. 난 오늘 저녁 안으로 이 기계를 다 맞추어 놔야겠어서……”

하고 알록알록한 실로감은 철사를 얼레같은데다가 나르고 앉었다. 봉희는 잠자코 쌀봉지를 들고 툇마루로 나가며 (이를 어쩌면 조와. 밥을 한번이나 지어봤어야지) 하고 팔을 것고는 설거지도 아니해서 밥풀이 눌어붙은 조그만 양솟을 가시고 이남박을 찾다가 없으니까 쪽떨어진 박아지에다가 돌인 쌀을 손으로 주물러 대강 일어서 앉처 놓고 (그래도 무슨 국물이 있어야지. 심부름할 애도 없으니…..)하고 뜰아래로 나려서서 올지갈지를 하다가(이왕이면 못할게 뭐야)하고 큰 결심을 하고 십전 한푼을 들고 골목 밖으로 나가서 고기 오전어치에 두부 한채와 파 한 뿌리를 사가지고는 누가 볼가보아 다름질을 해서 들어왔다. 길을 것다가도 고기관 앞을 피해 다니든 봉희가 찌개고기 오전어치를 사러 그 고기관으로 들어가서

“오전어치만주”

하지 않을 수 없었다.

숫이 떨어저서 군불을 때나 남은 장작을 화덕에다 집히고 후후 불고 애를 쓴다. 세철이가 봉희의 하는 양

86

을 보느라고 미닫이를 열고 내어다 보는데, 봉희는 줄줄
흘르는 눈물을 교복 소매로 씻고 앉었다. 세철이가

"웨 그렇게 서러서 울어요?"

하고 핀잔하듯 하니까

"울긴 누가 울어요. 연기가 매우니깐 그렇지요"

봉희는 벌개진 눈을 부비며 울지 않었단 변명을 하
듯이 웃어 보인다.

이윽고 쥐코밥상이 들어왔다. 봉희가 신혼한 가정의
주부처럼 무릎을 꿀고 앉어서 공기에 밥을 담어 올리는
데 밥에서 단내가 물큰하고 끼친다. 밥은 삼층으로 되었
는데 밑바닥은 시껌엏게 눌어붖고 중동은 젯밥처럼 되
다랐코 우층은 골끌어서 쌀알이 고대로 있다. 간장만 들
어부어서 우루루 끓인 것은 국도 아니요 지지미도 아니
요 그렇다고 찌개도 아니다. 국물만 장마통의 한강처럼
흥건한데 승덩승덩 썰어 넣은 파잎새만 뗏목처럼 떠돌
아 다닌다.

세철은 으직끈하고 돌맹이를 깨물었다.

"이거 치과병원엘 가야겠군"

하고 비꼬는 말에 봉희는

"이남박 하나 없으니깐 그렇조"

하고 눈을 살짝 흘겼다.

"아무튼 밥하나 지어 먹을줄 몰으는 여자는 시집을 갈 자격이 없에요"

하고 세철은 봉희가 첫번시험에 훌륭히 낙제를 한 것을 면대해서 발표하였다. 봉희는 얼굴을 붉히며 말을 못하면서 도 세철이와 서로 담어주어가며 먹는 밥이 여간 맛이 있지 않었다.

오늘 저녁처럼 찬없는 밥을 먹어보기도 생후 처음이요, 제손으로 지은 그 찬없는 밥이 그다지 맛이 있어보기도 또한 생후 처음이다.

九

식후에 세철은

"그래두 정성껏 지어주신 밥이라 퍽 맛있게 먹었에요"

하더니

"인제 난 갈테야요. 집에서 기다릴텐데....."

하고 봉희가 일어서는 것을 처다보며

"집에서 누가 기다려요? 한참판집에서 사주나 와서

기다릴까요"

하고 씽긋 웃더니 툇마루에다가 그릇을 늘어논 것을 보고

"우아 설거지는 날더러 허란 말이지요?"

하고 그 그릇을 포개담어서 봉희에게 내여민다.

"같이 먹었으니깐 같이 치어야 공평허지요"

하면서도 봉희는 나가서 그릇을 대강 치어 놓고 들어왔다.

자꾸 빈정거리기만 하는 세철을 붓잡고

"그래 약혼이야기는 우물쭈물 허구 말셈이야요?"

하고 한마디를 다지고 싶은 것을(어디 얼마나 자기 혼자 사낸체를 허나 두구볼걸)하고

"이젠 참 정말 갈테야요"

하고 마루끝에서 작별을 하였다. 이번에는 세철도 더 붓잡을 수가 없었다.

"래일이래두 또 오실테지요?"

"또 와선 뭘해요. 밤낮 '히니꾸' 빈정거리기만 허시는걸요"

"그러치만 내 '히니꾸'가 약이 될 날이 있을걸요. 아무튼 급헌 일이 있거든 내게 알려나 주세요"

하고 세철은 문박까지 봉희를 작별하였다.

행길에는 전등이 들어온지도 오래였다. 봉희는 사실 인숙이 밖에는 그다지 기다려 줄 사람도 없는 집으로 향해서 급히 걸으면서도

"사랑허기 때문에 약혼을 못허겠다구? 지극히 나를 사랑허기 때문에......."

하고 여배우가 '세리후'를 외듯하면서 저녁을 다른데서 먹고 들어가는 것이 죄되는 듯이 머리를 들지 못하고 집으로 돌아왔다.

인숙은 마루끝으로 나오며 여전히 시누의를 반겼다.

"어디서 인제 오? 퍽 시장허겠구려"

하고 밥상을 차리려는 것을

"나 저녁 먹구왔우"

하고 봉희는 세철에게서 밥을 지어 먹고 왔다고 바른대로 고백을 하였다.

"아이고 별일이지, 자근아씨가 손수 밥을 다 지여보고......

연습을 톡톡이 허는구려"

하고는 혹시나 누가 들을가하고 좌우를 둘러보며

"난 첨버텀 자근아씨가 그 박씨헌테 다니는걸 반

대는 허지 않고, 내가 참견을 허는 걸 싫여허는 줄두
알지만 개수통에 손 한번 당거보지 않코 자란난 자근
아씨가 그렇게 아무것도 없는 사람허구 너무 걸맞지
가 안는구려. 빈정거리긴 잘해두 것헐렁이 속든든이지
만....."

하고 제일과 다름없이 걱정을 해준다.

"우리집은 뭐 있을줄아우 빗만 산뗌이 처럼 지구 앉
어서......

빗 한푼 없는 사람이 되려 부자가 아니요? 그렇지만
오늘처럼 속이 상해선........ 난 인제 그이헌테두 안갈테야"

"왜? 너무 가까우면 틀리기두 쉬운법이라우"

하더니 인숙은

"잠간만 기다류"

하고 저의 방으로 들어갔다가 나온다. 무엇을 소매
속에다가 감추어가지고 나오는 것 같어서 봉희는

"그게 뭐요?"

하고 닥어서며 울었다. 인숙은 눈짓을 해서 사람이
없는 대방구석으로 시누의를 데리고 들어가서

"만지장서가 또 왔구려. 글세 이걸 어떡허면 좋우?
요행 이번에두 편지가 내손에 들어 왔는데 오빠헌테두

그런 말은 비치지두 않었으니 무슨 말을 했는지 혼자서 뜨더보구 찌저버류”

하고 넌짓이 주는 것은 피봉글시만 보아도 눈에 익은 장발의 편지였다.

＋

“난 뭐라구 미친여석. 암만 편지를 해보라지”

하고 봉희는 여전이 장발의 편지를 뜨더볼 생각도 아니하고 인숙의 손에다가 도로 던진다.

“그래두 또 무슨 소리를 했는지 몰으니 뜨더는 봐야 허우”

하고 인숙은 편지를 처치하기가 거북해서

“그럼 내가 뜨더봐야 괜찮우?”

하고 싀누의의 양해를 구한다.

“난 몰루. 뜨더보구려”

봉희의 승낙을 받고 인숙은 편잔를 뜨덧다. 편전지로 십여 장이나 되는 사연은 판에 박은듯한 연애 타령으로 편지마다 되풀이를 하는 것이나, 끝에 가서 ‘봄방학이 며칠 남지 않어서 귀환하겠다는 것과 그때는 무슨 일이 있든지간에 저에게는 생사가 달린 약혼문제를 해결하고야 말 결심이니 미리 각오를 하고 기다려 달라'는 반은 위협적인 강경한 문구였다. 인숙은 적지않게 겁이 나서 자꾸만 그 자리를 피하려고 드는 싀누의를 붓잡고 편지 끝 구절을 읽어들렸다.

"어쨋든 한편에선 몇해를 두구 이렇게 죽느니 사느니 허는 데 넘우 무심허게 내버려 두다간 정말 큰일이 버러질는지 누가 아우?"

"글세 큰일은 무슨 큰일이난다구 그리우? 새언니두 겁쟁이로구려. 여러 말헐게 있우. 벌서 정혼을 헌데가 있다면 제가 어쩔테야"

"그래두 이렇게 주책없이 날뛰는 사람은 잘못 덧들려놓면 선불마진 증생처럼 덤벼드러서 이담에라도 자근아씨헌테 어떤 위험헌 짓을 헐지 누가 안답디까 아무튼 장발이는 오빠 허구 친허게 지내든 친구니까 이 편지를 오빠헌테 한번 뵈구서 의론을 헙시다"

하고 인숙은 그 편지를 다시 소매속에다가 감춘다.

만사에 조심성스러운 인숙은 이집의 누구보다도 정이 들고 친동생과 같이 사랑하는 싀누의의 신변에 무슨 위험한 일이 시시각각으로 닥처 오는 것 같은 불안을 느끼든 것이다. 어떤 학생은 실연을 당하고 원한에 떨리는 칼을 휘둘으며 결혼식장으로 뛰어 들어가서 신부를 찔으려다가 목적을 달치못하고 현장에서 포승을 지는 불상사를 일으켜 신부의 가슴에 한평생 뽑지 못할 못을 박은 사실도 있고, 또 어떤 시골총각은 어려서부터 한 이웃에서 자라나서 꼭 제사람이 될 줄 알고 외기러기 짝사랑을 하듯 색시를 동무에게 빼아끼고 극도로 흥분한 끝에 혼인날 미처나서 마른날이나 구진날이나 밤중이면 도깨비처럼 그 색시가 살님을 하는 새 집을 타리 밖으로 구슬푼 노래를 불으며 돌아 다녀서 그 색시가 일홈몰을 병에 걸리더니 꼬치꼬치 말러죽고 말었다는 이야기를 바로 제 귀로 들은터이라, 누구에게나 적원을 질것이 아니라고 평시부터 남의 일 같지 않게 생각하여 왔든 것이다.

(오늘 저녁에는 남편의 눈치를 보아서 의거리 밑바닥에 감초 둔아 편지까지 끄내서 보여주고 장발에게 약혼 일절은 단념을 하라고 좋은 말로 미리 편지나 써붙이게 하리라)하고 인숙은 제방으로 드러갔다. 그러나 그동안 저의 극진한 간호로 심신의 안정을 얻어서 병도 매우 차도가 있든 봉환은 인숙이가 들여다 보지않은 불과 한시

간 동안에 얼굴빛이 변해가지고 정신이상이 생긴 것처럼 바람벽에다가 머리를 콩콩 부딧다가는 무서운 눈초리로 인숙을 흘깃 처다보고

"나가 있어!"

하고 소리를 벽력가치 지른다. 방안을 살피니 방바닥에는 쪼각쪼각 찌저던진 종이조각이 흐트러졌다. 그동안 상노가 엽서 한 장을 전하고 나갔었는데 '부산' 우편국 일부인이 찍힌 엽서에 연필로 갈겨쓴 사연은 매우 간단하였다.

<오랫동안 신세를 많이 졌습니다 당신의 덕택으로 뜻밖에 조선까지 와서 진기한 구경을 잘하고 다시 현해탄을 건너갑니다. 아모조록 몸조섬을 잘하십시오 곁에서 박귀양씨가 안부를 전해 달라고 합니다.>

연락선에 오르며 사요꼬

十一

어느 날은 점심때나 거진 되었는데 비어둔 사랑채가 떠들석하더니 상노가 황당히 뛰어들어와

"이런 사람들이 찾어와서 주인어른을 보자구 협

니다"

하고 귀다란 명함을 봉환에게 준다. 명함에는 경성 지방법 원소속인 집달리의 일홈이 박혀있다. 봉환은 적지 아니 놀라며

"이집 주인은 안게시다구 그래라"

하고 화를 더럭 내며 명함을 도로 내던진다. 상노가 나간 후 조금 있자 바루 안중문깐에서 집달리와 상노가 승강이를 하는 소리가 들렸다. "이집에 주인이 없다면 명함을 보고 도로 내여보낸 사람은 누구냐"느니 "자근서방님은 계서도 병환으로 누섰다"느니 말이 순순치않게 오고가는데

"죽을 병이 들지 않었으면 저의집 세간의 집행을 당허는데 내다 보지두 못헌단 말야"

하고 으루딱딱거리는 소리가 봉환의 귀에까지 들렸다. 집행을 당한다는 말 한마디가 안으로 굴러 들어가자 안식구들의 얼굴은 금새 흙빛이 되었다. 용환의 댁내는 옷을 다리다가 다디미를 던지고 성경책을 보고 앉었든 과수댁은

"아 집행을 당허다께 이게 무슨 소리요"

하고 책을 떨어트리여 눈이 희동그래진다. 인숙은 찬

간에서 남편의 점심을 차리다가 동자치에게 그 소리를 듣고 다리 에 맥시 풀려서 간신히 마루우로 올러왔다.

횡덩그런 집안의 공기는 사형집행과 같이 살기를 띠우고 수성수성해졌다.

"이집에 밖앗 주인 좀나오시오"

하는 굵다란 목소리가 들리자 시컴언 양복을 입은 사람이 서넛이나 안마당으로 우적우적 들어선다.

"누가 남의집엘 함부로 들어와"

소리와 함께 봉환은 샤쓰바람으로 미닫이를 발길로 걷어차 듯하며 내달었다.

검정 '쓰메에리'에 반백이 된 머리를 박박 깎은 집달리가 두 어거름 봉환의 앞으로 와서 동산가차압명령서를 내보이며

"당신이 이집 호주인 ○○○의 아들이요?"

몇십년을 직업적으로 그런 일만 다니며 해먹어 이골이 난 늙은 집달리의 말과 태도는 어름과 같이 차다. 봉환은 저의 아버지의 일홈을 함부로 불르는 것을 이제것 들어본 적이 없든 터이라 속으로는 더할 수 없이 괘씸하나 툭명스럽게라도

"그렀오"

하고 대답을 아니할 수 없었다.

"그러면 지금부터 법규대로 처분을 헐텐데 세간집물을 현재 있는대로 하나도 빼어 돌리거나 하면 처벌당헐 것을 각 오하시오"

하고 같이 온 젊은 집달리에게 눈짓을 한다. 젊은 집달리는 커다란 장부책같은 것을 펴들고 구두를 신은채로 대청으로 올러서려는 늙은 집달리의 뒤를 따른다. 봉환은 얼굴이 샛노래가지고 팔을 버리고 앞을 막어서며

"안돼. 난 립회헐수 없오. 우리 형님의 채무는 있는지 몰으지만 형님이 호주가 아니니까 함부로 집행은 못허오"

하고 버티니까 집달리뒤에 섰든 신사양복을 입은 변호사 사무원인듯한 안경잡이가 간교한 우슴을 띠우고 봉환의 앞으로 닥어오며

"아무리 백씨의 채무래두 댁의 동산 부동산이 아직두 전부 춘부장의 명의로 있는 이상 헐수 없는 일이니 로형이 아른체 헐게 아니요"

하고 채권자에게서 위임을 맡은 서류까지 내여 보인다.

"어쨋든 우리 아버지는 일푼도 남의 빗을 진일이 없

으니까 아들의 빗으로 차압을 허는건 비법이 아니요?”

“그건 로형이 법률을 몰으는 말이지 그렇다면 아들이 호주의 승낙이 없이 도장을 첫거나 문서위조를 해서 아버지의 재산을 잡혀 먹은게 틀림없으이까 아들을 걸어서 고소를 헐 밖에 도리가 없으니…… 거기까지야 궁가의 체면상……”

하는데 늙은 집달리가 눈살을 잔뜩 찦으리며

“당신이 무슨 여러말요?”

하고 변호사 사무원에게 핀잔을 주고나서 올라서기만 허면 발길질이라도 할 자세를 취하고 버티고선 봉환을 처다보고

“우리는 재판소 명령대루만 허는 사람이니까 경관을 불러다 가 입회를 시키구래두 집행을 헐 권한이 있오. 만일 우리헌테 폭행을 허는 경우에는 공무집행 방해죄로 삼년이하의 징역을 갈테니 그쯤 아시오”

하고 눈을 부라리며 단단히 얼러멘다.

十二

봉환은 삼년 이하의 징역을 간다는 말에 슬그머니

겁도 났거니와 가차압을 한 대도 당장에 경매를 하는 것이 아니요, 일정한 기한 안에 이의를 신립할 수가 있다는 말을 듣고

　"기왕 창피를 당헌걸 여러 말슴허시면 뭘해요 어른들이 알어 허실걸 어서 들어가세요"

　하고 등 뒤에서 인숙이가 신경이 과민해진 남편이 무슨 일을 저질를가 보아 오들오들 떨면서 소매를 끌어다려서 못이긴 체하고 제방으로 들어가 누어버렸다. 집달리들은 나중에 말성이 생길가보아 순사까지 불러다가 입회를 시키고 대청에서 부터

　"뒤주가 하나-"

　"삼층 아이 한쌍-"

　하고 불르고 적고 하면서 빨안 쪽지를 부치며 들어온다.

　봉환이가 마루끝에서 집달리와 시단으랗고 순사가 오고 하는 동안에 안에서는 수라장이 된 듯 야단법석을 하였다. 그 중에도 과부댁은

　"아이고 이를 어쩌나. 아이고 이걸 어따 좀 감춰야지"

　하고 갑나가는 저의 비단옷과 금부치며 죽은 남편

의 옷까지 한 뭉텡이를 싸들고 짤짤 매면서 이구퉁이 저 구퉁이로 허둥지둥 돌아다니다가 이집에서 제일 구석진 인숙의 방으로 뛰어들어가서는

"이것좀 저 의거리속에 넣주게 응 어서 어서"

하고 호들갑을 떤다.

"그 사람들이 이방엔 안오나요"

하면서도 인숙은 마지못해서 채 끈도 매지 못한 옷 보퉁이를 의거리 속에다 틀어넣는?로 내버려 두었다.

과부댁은 그래도 미심한 듯 의거리속에서 와르르 헤어진 옷과 패물등속을 두손 버무리를 해서 인숙의 것과 뒤섞어놓고 제 손으로 잠을쇠까지 채고 나갔다. 난리가 나면 화를 당하기는 일반인데 촌사람들이 이 동내서 저동내로 서로 개아미 쳇바쿠 돌듯이 뺑뺑 돌면서 피난을 다니듯이 옷 보퉁이를 끼고 와서 허둥지둥 하는 동서의 하는 꼴이 분요중에도 웃우 워서 인숙은(저렇게두 제것만 아까울가)하였다. 그러면서도 집안을 저 혼자 알뜰살뜰이도 망해 놓는다고 큰형을 개꾸짓듯 하고 앉었는 남편이 밖으로 또 뛰어나가지나 않을가하고 감시를 하느라고 다른 생각을 할 경황이 없었다.

봉환이가 안으로 들어와 누은 뒤에 자근형수는

"흥 차차 내꼴이 돼가는군 저렇게 둘이만 밤낮부터 있으면 병조섬은 잘될걸"

하고 저에게는 털끝만치도 상관없는 일에 동서를 빈정거리고 괜이 잡어 흔들었다.

아직까지도 제가 넘우 남편을 바처서 아들이 죽었다고 인정을 하는 시부모에게 대한 불평을, 만만한 인숙에게다 풀어보려는 뜻이 나날이 '히스테리' 증세가 심해갔었다. 그렇것만 인숙은 (암만 그래보래지 한편생 한집에서 살기야 헐라구)하고 치지 도외를 해오다가 집행을 당하는 서슬에 급하니까 제방으로 뛰어온 사람을 내쫓일 수도 없어서 허는대로 내버려 두었든 것이다.

집달리들은 봉환의 태도에 감정이 상해서 사당채와 별당채만 간신히 건드리지 않고는 부엌으로 들어가 부정기와 물독에까지 깡그리 쪽지를 부치고는 봉환의 도장을 내오래서 차압물 보관서에 도장을 찍은후

"차압이 해제가 되는때까지 표를 부친 물건을 쓰거나 자리를 옴겨놓지도 못허는 법이니 그런줄 아소"

하고 위엄을 부리며일부러까다랍게 굴다가

"귀족의 집 세간에두 쪽지가 곳잘 붙는군"

"아마 이번까지 이런 집이 네 번째지"

하고 저이끼리 중얼거리며나갔다.

그런지 한 오분만이다. 안채대방근처에서 난대없는 시껌은 연기가 뭉게뭉게 지붕우로 서리어 올러간다. 조금 있자

"불야!"

하는 철성을 띤 여자의 목소리가 사랑채까지 짜랑 짜랑하게 울렸다.

十三

용환의 댁은 집달리들이 대청으로 웃적 올라설 때 가슴이 덜컥 나려 앉어서 기절을 할번하였다. 원체 심 약한 사람이 노상 골골하고 잔병치례를 하든 끝에 평 생 처음으로 불시에 그런 놀라운 일을 당해서 고만 본 정신을 잃었다. 더군다나 자기의 남편 때문에 점잖은 집 안에 그런 불상사를 일으키고 죄없는 동서들까지 더할 수 없는 창피를 당하게 한 생각을 하고 몸둘 곳을 몰라 하였다. 그러다가 자기의 눈에는 지옥의 사자같은 집달 리들이 건넌방을 열어제치고 진발로 들어 와서 속옷 한

벌 버선 한짝까지 꺼내지를 못하게 봉해놓고 나가는 것을 보고는 어찌나 분하고 절통하든지 발작적으로 흥분이 되어서

"네놈들이 손을 댄 옷을 더럽게끔 내 몸에다 다시 붙일줄 아느냐"

하고 부르짖고는 딱지를 잡아떼고 의복을 말끔 끄내서 앞 마당에다 풀풀 던졌다. 그러고도 분이 풀리지를 않어서 버선발로 나려가 죽은 사람의 옷처럼 흩으러진 것을 끄러더니 석냥불을 확 그어대여 불을 질렀다. 남편이 딴 계집을 두고 평생 자기를 돌아다 보지 않는 원한과 부인네의 속옷까지 차압을 당한 분노가 시껌엏게 서리어 올르는 연기속의 불길과 같이 활활 타는 듯 자못 통쾌하였다. 그것을 본 과부댁은

"애고 이를 어째. 형님이 금방 맘이 변하셨나. 이걸 어떡하나"

하고 마루 끝에서 허둥거리다가 (불야!) 소리를 외쳤든 것이다.

불을 보자 집안사람들이 총출동을 해서 물을 끼언고 이불을 뒤집어씨우고 하야서 불을 잡었는데도 용환의 댁은

“내버려 둬. 재두 남기지 않구 말끔 타버리게 내버려둬”

하고 소리를 질르며 신이올른 무당처럼 이리뛰고 저리뛰고 하면서 불을 끄지 못하게 하느라고 죽을 힘을 드려 훼방을 놓는 것을, 인숙이와 아랬것들이 간신이 붙들어 올렸다. 그 몇 분동안의 용환의 댁의 행동은 평상시에 그다지 조신하고 누 구에게나 인종(忍從)을 해오든 사람으로는 누구나 상상할수 없을만한 최후의 발악과 같았다.

집행을 당했다는 급보를 받은 자직내외는 그 이튼날에야 문안으로 들어왔다.

용환은 황해도 어느 온천에가 들어 누어서 화를 피하고 청직이까지도 도망을 가고 없는 터이라 화로저녁 방바닥을 치고 통곡을 하며 밤을 밝힌 자작은, 손소 친척들을 찾아다니며 힌 머리를 숙여 위선 차압당한 것이나 풀게해 달라고 사정사정을 하였다. 아직도 제 앞이 넉넉한 일가들은

“거 안됐구료. 그런 말은 안들으니만 못헌걸”

하고 헛 입맛만 다서보이고는

“대감두 알다싶이 내집형편두 역시……”

하고 자기네의 설궁을 갑절이나 한다. 자작은 하는 수 없이 죽기보다 싫건만 절교를 하고 지내든 귀양의 아버지 박남작을 찾아 갔다.

"노형의 자식이나 내 자식이나 한데 묶어서 단매에 따려주여야 협넨다. 아 귀양이란 놈은 '포천'있는 제징조의 위답을 몰래 팔어 가지구 일본으루 도망을 갔구려"

하고 별르고 잇었든 것처럼 친구에게다 화풀이를 하러든다.

자작은 마지막으로 왕가의 사무소로 가서

"자식을 잘못둔 죄로 욕이 선조의 사당에까지 미칠 지경이 니 다시 한번만 흥대하옵신 처분이 나리도록 해줍시사"

하고 고두백배를 하며 눈물을 흘려가면서 탄원을 하였다.

그래서 요행으로 기차압을 당한지 일주일만에 세간 집물만은 해제를 받게 되었다.

十四

집안의 급한 문제가 겨우 진정 되자 봉희의 혼인문

제가 다시 머리를 들었다.

"등신이래두, 우리가 집에 들어와 있어야지 이대루 내버려 두었다가는 집채를 떠 메여가두 모르겠구나"

하고 대감은 다시 문안으로 들어와 있기로 하였다.

어느날 올해로는 처음으로 봄비가 촉촉이 나리는 아침에 별당노인에게 불려 올러갔든 자작은 입맛을 쩍쩍 다시며 나 려왔다.

"어머니께서 덮어놓구 봉희를 한참판집으로 정혼을 허라구 그러시니 어떡허면 좋소? 노망이 나신 어른의 말씀을 종잡을 수는 없지만 당신이 벌서 허락을 해 놓섰는데 일간 사주까지 가저나오라구 허섰다니 일이 딱하지 않소?"

하고 마누라에게 의론을 한다.

"글세 어머님두 떡허시지. 지체두 우리집하구 댈때가 아니 지만 사윗감이나 합당해야지. 그나마 내눈으로 보지나 않었으면 모르지만 그 못나 빠진것헌테 우리 봉희를 맡기기는 참 정말 아까워요."

"그야 도야지에게 진주를 물리는 수두 많으니까……사윗재 목이 너무 똑똑하면 되려 걱정입넨다 툭 하면 리혼을 당하구 쫓겨 오는 세상에 되려 제 계집이 제

일인줄만 알구 엎들어지는 못난 듯한 놈을 맡겨버리는것
두 안전지책은 되거든.

한가의집 아들과 연분이 닷는지도 누가 아우? 봉희
란년이 제 나이로는 너무 지나치게 숙성해서 올봄에는
어디로든지 처치를 해야지 말만한게 인젠 중해봬서……”

하고 자작은 막내딸을 한참판의집 문열이와 정혼을
하는 것을 반대하는 셈인지 모를 소리를 한다

“글세 대감 말슴이 옳기두 하지만……”

마누라 역시 요령을 잡을 수 없는 대답을 한다. 그
들은 딸을 훌륭한 사람을 골라맡겨서 그 장래의 행복
을 도모해 주려는 부모로서의 의무보다도, 장성한 식구
하나를 속히 처치하는 것이 급한 문제였다. 그것을 금년
의 연중행사중의 한 부분으로 정하고 한번 남에게 떠맡
긴 뒤에는 그저 나중에 문제가 없도록 소박을 맞고 쫓겨
오지나 말고 아들딸 낳고 소리 없이 살어서 친정 부모의
속이나 썩히지 않도록 빌고 바랄뿐이다.

또 한 가지 봉희의 혼인문제를 속히 결정할 필요가
있었다.

그것은 다른 까닭이 아니라 ○○궁이 아주 거덜이
나서 신주 밖에 남은 것이 없다는 소문을 듣고, 옛날같으

면 감히 생의도 못할 자리에서 직접 간접으로 통혼이 들어왔었다.

"지금은 적서의 구별이 없는 세상이니……"

하고 첩의 자식과 혼인을 정하자고 전인을 한 친구도 있었고 아레대에서 모물전을 해서 돈을 모은 중인의 집에서와 뱃놈 소리를 듣는 한강 어느 더러운 부자까지 양반에 걸신이 들려서 지체 탐을 하느라고 혼인비용은 얼마든지 당할테니 봉희로 맏며느리를 삼어지라고 애걸을 하다 싶이 하는 자리도 있었다. 그런 말을 들을때마다 자작은 큰 모욕을 당한 듯이

"심한 놈들 같으니, 아무리 천지가 뒤집혔기로 소뼉따귄지 말뼉따귄지도 모르는 것들이 염체 내 딸을 달래? 다시는 내앞에서 그따위 소리를 하지마라"

하고 중간에 든 사람을 호령을 해 보냈었다. 그래서 자작은 한번이라도 더 그러한 모욕을 당하기전에 뼈대만 과히 나쁘지 않은 가정에서 통혼이 있기만 하면 '옛소'하고 봉희를 내여주랴 든 판이었다.

한편으로 봉희는 요즈음 졸업시험을 치르며 연습과에 들어갈 준비까지 겹처하느라고 세철에게도 가지 못하고 학교에 다녀만 오면 제방에 꾹 들어 앉어서 아무 소

리도 뜨지 못하고 지냈다.

　그러다가 어느날은 저녁 뒤에 어스레 할땐데 대청이
수성수성 하더니

　"자근아씨 사주가 왔다지?"

　하는 인숙의 목소리가 귓결에 들렸다.

3장
인형의 결혼

一

　인숙이가 바느질을 배우고 음식 만드는 법과 큰일 치르는 절차를 견습하고 한편으로는 규감(閨鑑)이니 내측(內則)이니 열녀전(烈女傳)이니 하는 책을 읽어 시집갈 준비를 허는 동안에 서월은 꿈결같이 흘렀다.

　그동안 한림의 집은 집웅에 이끼(苔)가 더 끼어 덕개가 앉고 기왓장 틈을 비집고 돋아난 잡초만 욱어졌다 시들었다 하야 해를 거듭할사록 집이 점점 후락해갈뿐 인숙의 신변에는 별로 큰 변화는 없었다.

　사오년이나 두고 온세계가 들끓고든 구주대전(歐洲大戰)의 피비린내 나는 비바람도 한림의 집에는 무풍지대(無風地帶)와 같이 조고만 여파도 끼치지 않았고 고양이의 눈동자처럼 시시각각으로 변해하는 세태와 조선의 환경에서도 몇만리나 떠러진듯 한림의 집만은 대낮에 닭 우는 소리를 듣는 듯한 한가롭고 평화스러운 세월이 흘렀다.

그러나 이삼년전부터 한림의 집에도 풍랑이 일기 시작하였다. 이집에 주춧돌이요 기둥이라고 할만한 외아들인 경직이가 부모와 처자를(그는 그동안 딸을 하나 낳었다.) 버리고 돌연히 집을 떠났다.

『불초의 자식은 각오한바 있어 슬하를 떠나옵나이다. 이제까지 지내온 소자의 생활이 감옥살이와 같았다 하야 양위 분의 탓은 하고저 아니하오나 두번 돌아오지 못할 청춘을 언제까지나 과천구석에서 썩히기는 너무나 애석하야 여러해를 두고 고민하든 끝에 단연히 집을 떠나고저 결심한 것이오니 소자의 고통을 통찰하여 주시압소서. 무슨 사업이고 성취하 기전에는 걸식을 하는 한이 있드래도 귀가치 않겠사오니 내내 내외분 기체후 만강하옵시기만 복망하압나이다. 한가정의 부모보다 더 큰 우리의 부모를 섬기기 위하야 일신을 받치고저 하는 것이 소자의 소원이로소이다.』

대개 이러한 사연의 순한문편지를 유서처럼 써서 문

잡우에 얹어놓고 어느날 밤 경직이는 과천을 떠나 종적을 감추었다.

윤자적의 사촌되는 양복입은 청년에게 크나큰 감동을 받은 그날밤 이후로 경직의 마음은 달뜨기 시작하였다. 당장에 상투를 잘르고 관을 찢어버리고 길로 싸여 좀이써는 서책에 불을 질을 용기는 나지 않았을 망정.

(에잇 이 구석에서 내가 영영 썩는단 말이냐) (다 같은 청년으로 누구는 민족을 위하야 몸을 받처가며 일을 하며 사회에 나서서 명예있는 사업을 허는데 그래 나 혼자 멀정한 사지를 동여매고 앉어서, 요모양으로 늙어 죽어야 옳단말이냐) 하고 밤쭝이면 일어나 앉어서 주먹으로 가슴을 치고 방바닥 을 두드리며 부르짖었다. 그러는 한편으로 아버지 몰래 작인의 집에 부탁하여 신문을 보고 윤보영에게 간청하야 잡지며 새로운 서적을 빌려다 읽었다. 그러나 윤자작이 생가의 외간상을 당해서 한림의 대리로 누차 서울 출입을 허게 되자 경직이는 그 양복 청년의 집에서 수일식 묵고 나왔다. 그와 그의 친구들에게 감화를 받은 정도가 깊어갈사록 경직의 마음에는 뜻하지 않었든 파도가 거츨게 일었다. 윤보영이는 몇백년이나 묵어썩은 물이 고인 연목과 같은 경직의 머릿속에다가

불시에 큰 돌맹이를 던졌든 것이다.

그리하야 새로운 문명에 대한 동경과 구름이라도 움켜잡을 듯한 위기와, 나서기만하면 무슨 사업이든지 일우워질듯한 허영심이 상투쟁이 청년 하나를 충동여서 제 고향과 부모처자를 일조일석에 헌신짝과 같이 버리게 한 것이었다.

아들의 편지를 본 한림은 너무나 뜻밖에 일이라 어안이 벙벙하야, 얼마동안은 벙어리가 되듯이 말을 못했엿었다. 실신한 사람처럼 멍허니 먼산만 바라다보고 앉어서 혓바늘이 돋도록 애꿎인 담배만 태웠다. 그러다가는 아들이 죽어나 나가듯이 애절 초절을 하는 마누라를 불러 앉치고

『내가 왜 진작 죽지를 못했드란 말요? 그해에 그 친구가 사당에 고유하고 자결했다는 부고를 받았을때 왜 내가 뭘보자구 이 목숨을 끊지 못허구 구구히 살어왔드란 말요? 그 자식 하나를 의지하고 우리내외가 늙다가……』

하고는 너무나 절통하야 목이 메어 말을 닛지 못하고 몇번이나 흑흑 느끼며 엎으러졌다.

마누라의 눈울 겨운 위로로 간신히 마음을 가려 앉

첬다가도 놀란듯 벌떡 일어나 자근사랑 편으로 대고

『이놈 경직아!』

하고 떨리는 목소리로 부르짖고는 힌 머리털을 한음큼 씩이나 쥐어뜯었다.

그후로 몇 달을 두고 각처로 사람을 놓아 수소문을 하였건만 경직의 종적은 알길이 없었고 뒤를 이어 또 한가지 놀라운 일이 탄로되었다.

二

경직이가 종적을 감춘지 얼마 뒤에야 한림집 마름을 보는 사람이 맡아둔 동내곗돈 사백원이 없어진 것이 탄로가 났다.

마름은, 저의 집이 허술해서 큰돈을 맡어두기가 조심스럽다고 얌전하기로 소문이 난 경직이를 신용하는 몰래 맡겨 두었든 것을 몽땅 집어넣고 밤을 타서 도망을 한 것이었다.

『아이구 몹슬 자식!』

하고 한림은 복장을 삐었으나 아들이 공금을 횡령한 죄를 범하고 잡혀와서 징역살이를 하도록 내버려둘

수는 없었다.

한림은 쉬-쉬-하고 그돈 사백원을 무리꾸럭하느라고 빚을 얻었다. 금융조합도 설시가 되지 않았을때라, 일이 급하니까 읍내서 고리대금을 하는 사람에게 문전의 옥답 열마지기를 잡히고 서푼변을 얻어 갚어주었다.

아들을 잃은데다가 갚을길이 없는 큰 빚을 진 한림은 뇌심초사한 끝에 불과 일년만에 한 십년이나 나이를 곱질려 먹은 듯이 바싹 늙었다. 무뜩 무뜩 심화가나면 적덩이가 치밀어 오르는 것처럼 아랫목에서 사뭇 굴르는 때도 있다.

이 좋은 마누라도 따러서 근력을 못차리고 자리보전을 하고 눕는 날이 많았다. 늦게 난 손녀가 귀여운 줄도 모르고 나중에는

『그애가 제집을 버리구 나간게 무엇때문인줄 아니? 내외간에 의취가 맞질 않어서 부모까지 버린게지 뭐냐?』

하고 그러지 않어도 밤이면 눈물로 벼개를 삼으며 벙어리 냉가슴 앓듯하는 며느리탓까지 하였다. 원체 말이 없는 경직이의 댁은 오장이 없는 사람처럼 말대답 한 마디 아니하고 속으로만 애매한 눈물을 흘릴 뿐이었다.

마누라는 며칠 걸려 식음을 전폐하고 머리를 싸매

고 누어서

『경직아 응 경직아!』

하고 잡고대를 허다가는 눈을 흡뜨고 일어나 앉어서는

『아이구 저애가 벌거벗고 피를 주루루 흘리구 쓰러젔구나 저 저것좀 봐』

하고 천정으로 대고 헛손질을 헐때도 있었다. 그러면 인숙이가 어머니를 껴안고

『어머니, 어머니! 정신 차리서요. 누가 피를 흘렸다구 그러서요. 옵반 인제 올걸요. 낼모랜 꼭 돌아올테니 제발 정신을 차리서요』

하고 정싱껏 위로를 해도 여전히 딴전을 하며 아들만 찾는다. 인숙이는 보다 못해서

『그러다간 옵바는 보지도 못허구 어머니 먼점 돌아가시겠수』

하고 소리를 바락질을때도 있었다.

『자식 좋다는게 뭐냐 집안을 이 지경을 만들어놓고 에이 몹슬놈, 어쩌면 일년이 넘도록 편지 한장이 없단 말이냐, 어디가 죽었길래 그렇지』

할때마다 인숙이는 정말 시집이나 가고 싶었다.

집안꼴이 하도 말아니어서 뒤를려만 가는데 친 부

모라도 너무나 지나치게 오라비 생각만 허니까 나종에는
어린소견에 반감이 생길 지경이었다.

『진정이지 아버지 어머니 보기싫어 어디로 훨훨 가기
나 했으면 좋겠어』

하고 올케에게 하소연을 하면

『자근 아씬 뭘 그러우. 나같은 사람도 죽지 않고 사
는데 내속이 얼마나 타는 줄이야 이 세상에 누구 하나
나 알어주는 사람이 있는줄 아우? 그저 이 젖멕이만 없
으면……』

하고 경직의 댁은 어린 딸을 재우다가도 포대기 자
락에 뜨거운 눈물을 쏘기도 한두번이 아니었다. 그러나
하로는 경직에게서 편지가 왔다. 우표딱지가 이상한 등기
편지가 왔다. 죽었든 자식이 살어온 것처럼 집안은 발끈
뒤집혔다. 식구마다 다투어가며 피봉을 뜯었다.

한림의 떨리는 손에 잡힌 편지 겉봉에는 상해(上海)
두 글자가 뚜렷이 써 있었다.

『어 자식이 상해로 갔구려』

한림은 다시금 놀랐다.

『상해라니요?』

마누라는 편지 겉봉을 아들의 얼굴이나 드려다 보

듯한다.

편지 사연은 간단하였다.

「무단출가 하야 죄송한 말슴은 이로 형언할길 조차 없다」고 한 끝에

「만리 이역에 우연 득병하야 입원 치료코저하오니 돈 이백원만 급송화여 줍소서」

한 것이 편지의 요령이었다.

三

아들의 기막한 편지를 받은 한림의 내외뿐 아니라, 온 집안 식구가 초상난 집처럼 모다 앉아서 고스란히 하로밤을 밝혔다.

이튿날 한림은 읍내로 들어갔다. 대서인에게 수속을 시켜서 이번에는 들어있는 이십여간 기와집을 역시 고리 대금업 자에게 단돈 이백원에 잡혔다.

『네가 살어있다는 소식이나마 전하니 반가우나 운표 만리에 병보를 접하니 놀납기 측량없다. 병이 위중치 않으면 돈을 받는 즉사로 귀국하라, 너의 어머니가 심려끝에 위석하야 식음을 전폐한지도 오래니 마지막으로 인자

121

의 도리를 차리기만 바란다』

는 편지와 돈표를 동봉하야 등기로 붙었다. 다심한 한림은 돈이 중도에서 슬닐가 념려가 되어 몸소 우편국까지 가서 돈 받을 날짜까지 단단히 다진 후에 땅이 꺼질듯한 한숨을 앞세우고 간신히 지팽이를 의지하야 집으로 돌아왔다. 아들의 생사가 념려도 되거니와 풍년이 들어야 볏백이나 바라보는 처지에 륙백원이나 되는 돈을 더구나 중변으로 덜컥 저놓았으니 별안간 큰 바윗돌에나 업눌리는듯 어깨가 무거웠다.

한편으로 이러한 사정을 모르는 윤자작의 집에서는 안숙의 혼인 재촉을 성화같이 하였다. 자작이 그동안 생가의 내외간 상을 연겁허 당해서 비록 집상은 친히 하지 않았나 상중에 아들의 혼인을 시킬수는 없었다. 그러나 탈상을 하자마자 인제도 봉환이 성례를 시키지 않을테냐? 난 더 기다릴수가 없다

하고 그동안 중풍으로 반신불수가 되여누어 지긋지긋이 목숨을 끄러가는 대방마누라가 양손이 눈앞에 띠우기만 하면 봉환의 혼인 재촉을 한다.

그는 입까지 뺏두러저 말을 똑똑이 어울리지를 못하고 반 벙어리 모양으로 징징거리는 것이었다.

밥도 자기 손으로 떡먹지 못하고 누어서 뒤를 받어 낸지도 오래였다. 그리지 않어도 대소가의 말성이 많은 터이라 자작은 몇번이나 한림에게 사람을 내보냈다. 보영이란 양복청년이 다시 나갔을때는

『내 자식을 꼬여낸 놈. 말쩡한 사람을 바람을 마친 놈 그놈은 내 원수다』

하고 한림은 안으로 피해 들어가서 보영이를 보지도 않었다. 경직이가 보영이와 추측을 하든 것을 나종에야 알었기 때문이다. 그러다가 다시 한번 윤자작의 심방을 받고서야 경직이를 직접 상해까지 꼬여낸 사람이 보영이가 아니요 다른 사람이였든 것을 알고서야 오해를 풀었다.

윤자작이 시급히 혼인을 하여야만 할 사세를 누누히 말해도 한림은

『자네두 알다싶이 시방 혼인이고 무엇이고 아무 경황이 없네. 단지 하나밖에 없는 자식의 생사조차 모르고 앉어서 막내딸마저 내여놓을수는 없네』

하고 친구의 간청을 구지 물니쳤다. 그러면 자작은 입에 침이 말려서

『자네의 사정도 매우 딱허이만, 나 역시 남의 집에 양자로 들어간터에 대소가의 시비가 시끄러울뿐 아니라

다 늙게 불효하다는 말을 들을 수 없고 시각을 다투는 로인의 마지막 소원을 좃지 않었다가는 후회막급일게니 자 넘우 고집허지 말게. 자제야 한번 풍성을 격것스니 곧 돌아올겔세』

하고 부득 부득 졸랐다. 그래도 한림은

『그뿐 아니라 난 지금 빗덤이에가 올러 앉었네. 혼수 한가지 변변히 헐수없는 처질세. 그러타구 넘어 불성 모양으로 할수도 없고……』

하고 여전히 고집을 세웠다. 자작은

『어째든 이거나 손소 전하고 가네』

하고 아들의 사주를 처맛기듯하고 들어갔다.

그런지도 한달이나 지난 뒤에 경직에게서

『불원간 귀국 하겠으니 로자나 보내달라』

는 편지가 왔다. 반가운 바람에 한림을 점잖은터에 넘우 고집을 할수없다하야 인숙의 혼인 택일을 해서 문안으로 기별을 하였다.

四

인숙의 혼례는 경직이가 돌아온지 십여일 앞으로 다

처왔다. 아들을 본 한림내외는 폭양에 시들었든 풀닢이 단비를 맞난듯 조금생이가 났다. 그러나 경직이가 거적대죄를 하고

『인제는 내외분 생전에 집을 떠나지 않겠습니다』

하는 다짐을 받은 뒤에도 한림은 아들이 머리를 깍거 바지르르하게 갈러붙이고 아직도 이마의 망건자옥이 지워지지 않은 것을 볼때마다

『에잇대가리를 보기싫어』

하고 눈살을 찌프렸다. 양복을 입고 문안으로 혼수 흥정을 허려 다니는 것도 맛당치 않어서 외면을 하였다.

경직이는 거의 밑애 동안이나 해외에 거츠른 바람을 쏘여서 귀국한 뒤에도 물우에 뜬 기름 모양으로 마음의 안정을 잃고 지냈다. 윤보영의 친구의 검언리설로 큰 희망을 한아름 안고 둘이 상해로 달어나기는 했으나, 경직이가 훔쳐낸 겟돈 사백원은 만저도 보지 못하고 같이간 사람의 주머니에서 녹아버렸다.

막상 상해에 다달어 형편을 살펴보니 듣는 바와는 딴판이었다. 무슨 운동이나 민족을 위하야 활동을 하겠다는 크나큰 공상은 집을 떠난지 불과 몇달동안에 물거품보다도 허무하게 깨어지고 말었다.

눈앞에 닥처 오는 것은 기한인데 그곳에 재류하는 동표들에 게는 「남산골샌님」이니 「애늙은이니」하는 모욕에 가까운 별명을 얻었을 뿐. 실제 운동에 들어서 아모짝에도 쓸모가 없는 경직이를 상대해주는 사람은 없었다. 그러다 요행이 한림과 교분이 있는 ○○당거두의 집에서 식객노릇을 하였다.

그동안에 한 일이라고는 불란서공원 잔디밭에 누어서 날마다 길고 짜른 한숨으로 벗을 삼은 것과 황포탄 (黃浦灘) 달밝은 밤에 고향의 하눌을 울어러보다가 몇번이나 물에 빠저 죽을 생각을 한 것과 국제도시의 번화한 것이며 색다른 인종들이 활동하는 무대를 보아 마음이 한껏 커지고 눈이 고작 높아진 것밖에 없다. 동시에 일해 동안의 소속이라고는 홧김에 담배와 「마작」을 배운 것과 불평객 틈에 끼어서 술을 마시기 시작하야 독한 배갈을 두어근이나 먹어도 꿋덱도 안활만한 주량을 얻은 것 뿐이었다.

경직이는 고생을 견디다 못해서 병으로 입원하였다는 급보를 하였으나 눈이 까맣게 기다려도 집의 소식은 꿩구어 먹은 자리었다.

아버지의 노명이 편지 한장으로는 풀리지 않어서 아

들의 생사조차 모르는체 하는 것이 어니하고 감시 재촉도 못하고 있든 차, 같은 집에 류숙을 하다가 종적을 감춘 청년으로부터

『동지여, 천만미안하나 동지에게 온돈 이백원은 마츰 내가 받았다가 찾어 가지고 비행학교에 입학코저 광동(廣東)으로 왔으니 결코 사사로히 소비하려는 것이 아니나 동지의 은혜는 후일 가플날이 있을 것이니 장래의 일꾼 하나를 양성해 주는 셈치고 너그러히 용서하시요』

하는 편지를 받었다. 경직이는 열병에 걸닌 사람처럼 펄펄 뛰었으나 그 돈을 찾을 도리는 없었다 그리하야 동지라는 칭호 한마디에 이천원보다도 더 긴 급히 쓸 돈을 감쪽같이 빼아끼고 만 것이었다.

경직이는 집에 돌아와서 그 말은 입밖에 내지도 못하였다.

그러나 한번 건공중에 뜬 마음은 가러앉일 길이 없었다. 집의 형편만 왼만하면 좀 더 큰 돈을 움켜쥐고 다시 해외로 뛰어 나갈 결심을 하고 돌아왔기 때문이다. 두번째 웅비(雄飛)할 기회를 엿보는 동안에는 전보다도 더 한충 부모에게 순종하는 태도를 보이려고 애를 썼다. 그래서 한림내외가 이래라 해도 「네」하고 제래라 해도 「네」

하는 것이었다.

경직이는 오래 집을 떠나 있었것만 돌아오든 날 잠시 안해의 방에 들었다가는 줄곳 자근사랑에서 통니불을 하고 잣다.

안해와의 금실은 전보다도 더 나뻐졌을 뿐 아니라 고물고물 하는 어린것까지 본체만체 하였다.

『아빠 아빠』

하고 팔을 버리고 달려들어도 남의 자식처럼 거들떠 보지도 않았다. 인숙이가 어린애를 안고 나와서

『어-디 아버지허구 어디가 달멋나 보-자』

하고 얼러주면 경직이는 딸의 얼굴을 물끄럼이 들여다 보다가

『제 어미 달멋지 누굴달멋겠니?』

하고 일어서 홱 나가 버리군 하였다.

경직의 댁은 원악 남편보다 삼년이나 손위지만 돌아와보니 벌서 늙을 고비에 든 것처럼 밧삭 바스러졌든 것이다. 그러나 안해가 그동안 누구때문에 얼마나 속을 썩혔는지 무엇때문에 그렇게까지 늙었는지 경직이는 그 까닭을 알려고도 아니하였다.

五

　인숙의 혼인날은 아침부터 부슬비가 나렸다. 사랑마당가에 외따로 선 벽오동 나무가 촉촉이 비에 젖어서 나무껍질이 초록색 물을 끼얹인듯. 고목이 다 되어 구렝이 꺼풀같은 감나무 가지에도 새잎새가 파릇 돋아났다. 그러나 낮이 겨우면서부터 복풍이 일어서 봄날답지 않게 음산해졌다.

　안팎으로 모여드는 손들의 옷자락이 비를 마저 후줄군하게 늘어젔다. 안마당이 질척 어려서 부엌에서 떡시루를 들고 나오는 더부살이가 미끄러지며 고만 깻박을 첬다.

　『애그머니』

　하고 점례는 질그릇 깨지는 소리와 함께 무명을 찢는 듯한 소리를 바락질렀다. 그통에 안방에서 성적을 하든 인숙이도 놀라서 감었든 눈을 반짝 떴다.

　『왜 조심들을 못허구 저걸 어쩐단 말이냐? 떡 한시루를 다 버렸구나』

　주인 마누라는 쌍창을 열고 내다보며 꾸지람을 한다.

『그만 둡쇼 마넴. 오늘 같은날 사위스럽습니다.』

『어서 줘들 담어. 하필 신랑상에 놀 꿀편을……』

하고 수모와 유모가 번차례로 혀를 찼다.

머리에 커다란 낭자를 얹고 분을 횟박같이 뒤집어 쓰고, 새 빨갛게 연지 곤지를 찍고 품과 화장이 넓은 활옷을 입고 눈을 곱게 감고 앉인 인숙이는 멀리서 보면 여불없는 인형이었다. 몇해 전까지 뒷겯 장독대에서 점례와 같이 만들어서 절을 시키든 각시보다 덩지만 큰 각시였다.

『그러구 앉었으니깐 아주 엄전허구나. 제법 새색시다운 걸』

『이건 신랑도 오기전에 눈을 감고 앉었나?』

『초례청에서 누가 웃기드래도 웃지마라』

하고 일가마누라와 젊은 댁들이 웃켜도 인숙이는 입을 꼭 다물고 앉었다. 수모가 붙들어 일으키면 일어서고 붙들어 앉치면 앉고하야 두번이나 습례를 하였다. 밖에서는 한림이 좌불안석을 하며

『낮이 겨웠는데 어째 그저들 안나오누』

하고 문안의 소식이 궁금하여 몇차례나 신작로로 사람을 내보냈다. 그러자 둥네가 떠들석하더니 쌍우산을

받고 등롱꾼을 앞세운 사인교와 그 뒤를 따르는 인력거 서너대가 축 동밖에 나타났다.

『내 형세로는 억지로 허는 혼인이니 될 수 있는대로 제례를 허세』

하고 한림이 사돈과 약속을 단단히 하였기 때문에 혼행도 간단히 차례가지고 나왔다.

여러 사람의 눈은 경직의 팔머리로 들어와 전안을 하고 나서 초례청에 올라선 신랑에게로 쏠렸다. 사모와 목화는 커서 헐렁헐렁 해보이나 조복에 관대는 따로 마친듯 몸에 마졌다. 키는 날신하게 커서 열두살로는 매우 숙성해 보이는 데 얼굴은 밑동자처럼 히다. 온실에서 자라난 화초라할까.

응달에서 큰 버섯같다고 할까 한군데 마친 구석이 없다.

그러나 두리번 거리며 사람을 둘러보는 깜안 눈동자에는 영채가 돌아 총기가 있어 보인다.

한림도 사위 재목을 대하기는 처음이라, 유난스럽게 들여다 보는 체는 아니하면서도 슬금슬금 신랑의 얼굴을 이모조모 뜯어보았다.

『어쩌면 저렇게 분을 파고 넌것처럼 살결이 힐까』

『자근 아씨 버덤은 두살이나 아래라는데 키는 더 큰 가분데』

『저것봐 빙글 빙글웃네』

하는 것은 마당에선 사람들의 소근거리는 소리다.

이윽고 신부가 수모에(부축이 되어 긴치마 자락을 끌고 나왔다). 이번에는 마루우와 뜰아래에 가뜩이 들어선 사람들의 시선이 신부에게로 몰렸다.

신랑은 (저게 내 색신가)하는 듯 두 눈을 말똥 말똥 뜨고 제앞으로 조심스러히 닥어오는 신부의 얼굴을 바라본다. 무슨색스러운 물건이나 구경하는 듯 호기심에 빛나는 눈으로-- 그러자 안방에서 끼-룩 끼-룩하는 이상한 소리가 들렸다.

六

주당살이 장모에게 다허서 장모는 굴뚝 뒤로 가 숨었는데, 초례가 지나면 들어와서 국수를 먹이려고 안방 아랫목에 시루를 씌워 두였든 전안기러기가 뜨거운 방바닥에 꽁문이를 데였는지 푸드득 거리며 끼룩거리는 소리였다.

유모는 기러기를 끄내서 기럭아범에게 내어 주고 초례청으로 나왔다.

신부는 활옷소매를 모아 먼저 큰절 네번을 곱게 하였다.

그래도 신랑은 신부가 하는 양만 빤히보고 섰으니까

『압다 새아씨 얼굴에 구녕이 뚫어지겠구려 한평생 두구 보실걸 고만 쳐다보구 절이나 허슈』

하고 수모가 위였다. 신랑의 후행으로 온 자작의 큰아들도 구식혼인을 했건만 저 역시 어려서 지낸 일이라 어찌했으면 좋을지 절차를 모르고 뻣뻣이 서 있다가 수모의 말을 듣고서야 아우의 팔을 거들어 절을 시켰다.

신랑은 껍죽껍죽 절 두번을 하였다. 이번에는 청실홍실로 끈을 꿴 나무술잔이 신랑의 입에서 신부의 입으로 왔다갔다 한다.

『이술 한잔을 잡수시면 아드님 일곱에 고명딸 셋을 나시 고 백세동락을 하시리다』

하고 수모가 신랑의 입에다 술잔을 대고 호르륵 소리를 내니까 신랑은 그 술한잔을 홀딱 드리마셨다.

『어이구 새서방님이 이태백이를 닮으서서 글을 잘허시겠군』

하고 수모가 또 놀렸다. 마루우의 여러 사람도 웃었다.

수모는 초렛상에 놓인 대초와 생률을 집어서 신랑의 소매에 넣어주고하야 그럭저럭 초례는끝이났다.

신랑과 신부를 신방으로 꾸며논 건넌방으로 안내하야 모본 단 방석우에 잠시 앉쳤다가 신부가 나간 뒤에 신랑의 사모관 대를 벗겼다. 신랑은 제손으로 옷을 훌떡훌떡 벗으며

『어이 갑갑해 죽을번했네』

하고 평복으로 갈어 입었다. 사랑으로 나가서는 책상다리를 하고 앉으며 형더러

『언니 나 배고파 응 아침에 국수 조금밖에……』

하고 조르듯하니까

『얘 가만있어』

하고 형이 아우의 말을 가로 막으며

『인제 큰상 나온다. 초례청에선 일른대로 곳잘 허더니만……』

하고 귓속으로 한다. 곁에 섰는 경직이가 돌아서며 씩 웃었다.

『자 그럼 장인을 가뵈야지』

하고 큰 사랑으로 데리고 가려니까 신랑은

『언니 그이 보구두 아까처럼 또 절을 허우?』

하며 일어섰다.

『아무렴 허구말구』

경직이와 후행이 앞을 섰다. 봉환이는 아랫묵 보료 우에 앉인 한림에게 절을 덥벅하였다. 초래청에서 하든 대로 절을 하고 나서 또 한번을 하려고 허리를 꿈으리는 것을 보고 형이

『한 번만 허는 법이다』

허니까 신랑은 엉석조로

『아까처럼 하느냐니깐 그러라구 그러구선』

하고 입을 뼷죽해 보인다. 형은 말없이 얼굴을 붉혔다.

『게 앉어라』

장인은 우슴을 띠우며 점잖이 자리를 가르쳤다.

봉황은

『네』

하고 넉살좋게 펄석 주저앉는다.

『온 너무 미거해서……』

하고 봉환의 형이 손을 부비니까

『나이가 있네 그려. 너무 숙성하면 되려 못쓰느니 대기(大器)는 만성(晚成)하는 법이거든』

하고 한림은 사장의 체모를 차린다.

『그래 너의 어르신네 안녕하시냐』

『네』

『대방에서 병환이 계시다는데 근자엔 좀 차도가 계시냐』

『우리 지밀할머니요? 날더러 자꾸만 장가를 들라구 우서서…… 그래서 왔에요』

하고 서슴지 않고 시키지 않은 말까지 한다. 한림은 그만 입을 담으렸다. 할말이 없어서가 아니라 만좌중에 어린 사위의 입에서 무슨 주책없는 말이 또 새여 노올는지 몰랐든 것이다.

七

큰상을 받은 실랑은, 국수 한그릇을 감치듯 하였다.

『거 식품이 좋군』

장인이 칭찬을 해주는 바람에 봉환은 실과 접시를 닦어놓고 밤이랑 사과랑 걸터듬을 해서 어기어기 먹고 나서는 어린애가 턱뱃기를 털듯 휘건 자락을 턴다.

『난 김치 안먹어요』

하고 냄새도 맞기 싫은 듯이 김치그릇을 밀어논다.

『이앤 식성이 괴팍해서 장조림하고 생률만 먹는답니다』

하고 후행이 변호하듯한다. 봉황이는 더 어려서부터 김치나 깍뚝이를 먹으면 구역을 해서 고기와 과일만을 먹고 자라났다. 그래서 집안에서 다람쥐라는 별명까지 들었다. 경직이는 매부가 왼만하면 데리고 앉어서 수작도 부치고 남매간이 되였으니까 정다히 이야기도 하겠지만 제가 보기에도 봉환이는 몇해전에 보든때처럼 콧물만 흘리지 않을 뿐이지 여전히 구생유취로 보였다. 그래서 실실 웃기만하면서 저 역시 철나 기전에 장가를 들러가서 향방없이 굴든 것과 첫날밤에 색시 옷을 벗기다가 낭자를 떨어트린 것과 여편네들이 창구녁을 뚫고 드려다보며 낄낄대든 생각이 났다. 그렇게 혼인을 한 결과가 지금와서는 큰 고통거리인 것을 생각하고

『은조 어린것을 어느새 장가를 들이지 못하야 성화를 할 필요가 어디있나, 이게 무슨 망할 놈의 습관인고』

하고 눈 앞에 촐랑거리고 앉인 어린 매부가 딱하기

도 할 한 편으로는 가엾어도 보았다.

경직이와 마찬가지로 오늘 아우의 후행을 온 봉황의 장형도 외국까지 가서 신학문을 닥고 돌아온 사람으로 이러한 인형 노름같은 결혼을 볼때마다

『어잇 다시 한번 망헐 장본이다. 인간을 장난감으로 취급 하는 야만의 제도다』

하고 경직이 이상으로 분개하면서도 아버지의 명령을 거역하지 못할 사정이 있어서 처음에는 반대를 하다 못해 아우를 데리고 나온 것이었다. 그 사정이란 어느 신문사에 관계를 해서 행세를 하고 싶는데 그 신문사의 주(株)를 적어도 몇천주 가량은 사야만 떡 버티고 앉일만한 지위를 차지하게 된다. 그래서 만일 아버지의 비위를 건드렸다가는 큰계획이 깨여지고 말 것이라 그 역시 표면으로 부모에게 순종을 하는 것이었다.

날이 저물자 초저녁부터 신랑은 신방에 들었다.

『먼 길에 어린애가 휘돌려와서 고단할테니 일즉암치 재우도록 해라』

하고 장인이 명령을 하였든 것이다. 후행왔든 형은 그날 밤 서울에 긴급한 볼일이 있어서 저녁 전에 문안으로 들어갔다.

『언니 나두 같이 가아. 응 언니이』

하고 봉혼이가 따러 일어서는 것을

『내일 꼭 나올테니 일는대로 잘해. 숭잡히지 말구. 그러구 음식 조심해라. 배탈날라』

하고 형은 몇 번이나 타일렀다. 처남도

『오늘은 우리 집에서 자야 허는 법일세』

하고 봉환이를 간신히 불들어 앉혔다.

밤잠이 지난후 뻔쩍뻔쩍하게 닦은 유기 촛내에 홍초가 거진 반이나 달은 뒤에 신부가 들어왔다.

『성적을 지으니깐 새아씨가 더 이뿌시죠』

하고 수모는 신랑과 신부를 마조 앉혔다. 신부는 실눈을 곱게 떠서 나려깔고 그림같이 앉었다. 가도 밀기름까지 발러서 왼 종일 감었든 속눈섭이 뻑뻑해서 안질이 난것처럼 작구만 눈을 꿈벅이다. 낭자가 무거워 고개가 아프고 머리카락이 땅겨서 여간 거북하지가 않은 눈치다. 성적을 지은 민얼굴이 초례청에서 보는 것과는 딴판이라, 신랑은 두눈을 깜막 깜막하고 색시의 얼굴을 처다본다.

『자 인제 오늘밤 비텀 두분이 백년 해로를 허실테니 첫아들 나실 이야기나 허시구려』

능갈진 수모가 허는 양을 보려고 말을 건느니까, 신랑은

『우리 집에서 아무말두 허지 말랬어, 괘―니 남숭 불려구』

하면서 신랑은 수무에게 눈을 흘긴다. 신부는 (어쩌면 저이집에서 허지말라 말꺼정 다 헌담)하고 속으로 웃었다.

『그럼 새아씨를 데려 내갈테요』

하고 수모는 번언히 합례를 시기지 않을줄 알면서도 짓궂게 한마디를하고 신부를 일으켜 세웠다.

신랑은 옷도 제 손으로 잘 벗지 않는 것을 경직이가 꾀송꾀송 하야 데리고 잣다. 밤이 깊으며 바람은 더일고 비가 주르룩 주르룩 쏟아졌다. 대문 중문이 삐걱거리고 신방의 덧문이 왈카닥거리는데 방안에서는 훌쩍어리며 우는 소리가 들렸다.

『나 우리 집에 갈테야. 할머니 허구 잘테야』

하고 봉환이는 자다말고 일어나서 수병풍을 북북 굴그며 울 었다. 나종에는

『할머니 할머니!』

八

이튿날도 신랑은 아침도 안먹고 집으로 보내달라고 더럭 더럭 떼를 썼다. 장모와 유모와 수모가 번차례로 달래고 타일러도 막무가내로 어머니 할머니를 불으면서 울었다. 장인이 보다 못해서.

『아침이나 먹어라 곧 들어가게 헐게시니』

하고 빌다싶이 하야 입매만 시긴뒤에 경직이를 불러 세우고

『네 매부를 데리고 들어가거라. 사돈에게 삼일을 치루지 못한 사유를 고하고 후일 재행이나 더려다 오래있게 하겠노라고 엿줍고 나오너라』

하고 분부를 하였다. 그래서 봉환이는 하룻동안 주접만 떨다가 집으로 들어갔다.

인숙이는 생으로 장님이 되여 아즉 한번도 신랑이 어떻게 생겼는지 보지를 못했건만 신랑이 넘우 미거허게 울기만헌다는 말을 듣고 (말뿐이 아니라 제 귀로도 남편감이 엉엉 우는 소리를 들었다)

『울긴 왜울어 어랜애 처럼 누가 뭐랬나』

하고 유모를 보고 어른처럼 혀차는 흉내를 내였다.

『그렇게 자근아씬 시댁에 들어가 백사에 정신을 차려서 칭찬을 받으서야만 허우. 나두 따러가겠지만』

『그럼 허라는 대로야 못헐라구』

하고 인숙은 고개를 외로꼬며 시집살이 잘할 자신을 보인다.

사흘 되는 날도 아츰부터 날이 구졌다. 일즉암치 신부례를 시길 차비를 다 차려놓고도

『날이 저렇게 꾸물거리는데 길에서 큰비나 만나면었저우』

하고 인숙의 어머니는 잠시라도 딸을 더 데리고 있고 싶은 듯이 붙잡으니까

『어째든 드려 보냅시다. 늦기는 했지만 들어가다가 날이 저물드래드 오늘 안으로 현구고를 시겨야 하지 않오?』

그 말을 듣자 마누라는 새삼스러히 더 섭섭한듯 질금 질금 울기를 시작하다.

한림은

『마누라버텀 저러면 어떡한단 말요? 시집살이를 허러 가는 조 어린것도 있는데』

하고 위로한다. 한림내외는 딸을 불러 앉치고

『원악 지체가 높은 사람의 집이요, 층층시하라 견눈이 적은 네가 실수하기 쉬우니 첫재 어른들께 공손하고 매사에 조심하라. 옛날 범절을 잘 아는 유모를 안동해 보낼터이니 무엇이든지 유모더러 물어봐라...』

하고 점잔은 딸에게나 일으듯 하기도 하고

『친정 사실이 난다고 지각없이 쪽쪽 울기나 허면 아랫것들헌테도 숭을 잡힌다. 남편이야 아직 어리니깐 차차 나이 먹으면 위할 줄 알겠지만……』

하는 어머니는 남편의 말에 부연을 달었다. 인숙이는

『네 네』

하고 입속으로만 대답을 하면서도 「네 남편」이니 「네 신랑」이니 하는 말이 귀에 거칠다느니 보다도 듣기에 거북하고 이상스러웠다. 「새아씨」니 「새댁이니」하는 말도 저를 가르치는 것이 아니요 옳게나 그렇지 않으면 다른 집 색시를 보고 하는 말만 같았다.

『남편? 내신랑? 새댁?』

하고 인숙은 입속으로 뇌여도 보았다.

인숙이는 저녁때나 되여서 저를 나어서 길러주신 부모와 십여년이나 정이든 고향산천을 뒤에 두고 마의 사람이 되는 첫거름으로 사인교를 탔다.

인숙이가 집을 떠나는데 제일 섭섭해 하는 사람은 어머니보다도 아버지보다도 경직이 댁이였다. 그는 사인교 채를 붓 잡고

『자근 아씨 잘들어가우』

하자 눈물이 비오듯 쏟아저서 소매로 얼굴을 가리고 들어서며 흐느껴 울었다. 남편이 거들떠보지도 않어서 갓득이나 외롭게 지내는 경직이 댁은 이 시누 맞어 보내고는 쓸쓸해서 살수가 없을 것 같았든 것이다.

점례는 행주치마 자락으로 연방 눈을 부비면서 신작로까지 따러 나왔다. 바둑이까지 꼬리를 살래살래 흔들며 행렬의 앞장을 섰다. 그러나 인숙이는 일살을 꼭 다물고 눈물 한방울 아니 흘리다가 한강철교를 건느다 달빛을 울어러 보자 참고 참었든 울음이 터졌든 것이었다.

4장

봄은 왔건만

—

　봄이다. 인제는 완구히 봄이다. 창경원에 밤사구라가 만발하야 어제 밤에는 입장자가 만명도 넘었다고 떠들고, 봄바람에 놀아나서 보찜을 싼 시골처녀가 하로도 몇씩된다고 신문은 흥청거려 제목을 붓친다.

　봉희는 그봄을 보지 않으려고 눈을 감었다. 그러나 길거리와 골목 안에서 아이들이 가락을 넘기며 부는 단조롭고도 애달픈 버들피리소리는 귀를 거처 마음속을 간지린다. 눈을 감고 피리소리를 듣자니 봉희는 어느 시인의 시한구절이 저절로 읊어졌다.

　내가 부는 피리소리 곡조는 몰라도 그 사람이 그리워 마듸마듸 꺽이네.

길고 가늘게 불어도 불어도 대답없어서 봄 저녁에 별들만 눈물에 젖네.

봉희는 그 시를 몇번이나 외다가 들창을 밀치고 문턱에 턱을 고이고 앉어서 우유빛같이 뿌유스름한 초저녁의 하늘을 우르러 보았다. 조금 있자 으스름한 보름달이 화초담우로 봉긋이 체경속에 비취이는 제 얼굴과 같은 달이 안개가 끼인듯 한 하늘 바다로 뚜렷이 솟느다.

그 달이 풀솜같은 힌 구름짱속에서 영롱하게 달려 나오면 금새로 온누리가 환해지고 시컴언 구름짱이 꿈을거리다가 그달을 통으로 삼키면 봉희의 마음은 감옥속과 같이 컴컴해 진다.

"아아 세철씨!"

하고 봉희는 한숨섞어 부르짖으며 미닫이를 탁 닫었다.

그러나 귀를 틀어막고 눈을 감어도 마음속으로 자최없이 숨어드는 봄을 어찌하랴. 잊어버리고저 하여도, 생각지말자 하여도 그럴사록 저녁마다 밤마다 눈앞에 떠올으로 머리속에서 어린거리는 사랑하는 사람의 환영을 무엇으로 지워보랴.

봉희는 애상(哀傷)에 좀써는 마음을 진정할 길없어서 다시금 미닫이를 핵 밀쳤다.

　　달은 바로 봉희의 이마우에서 그 금가루같은 광채를 애달픈 환상(幻想)과 함께 뿌려서 정신이 활홀해지는 것을 스스로 깨닫지 못한다.

　　(저달이 철창속에도 빛이겠지. 그럼 세철씨의 시선도 저달 속에서 내 시선과 마주치지 않을가 저 계수나무 그늘에서, 저 말러붙었다는 시냇가에서……)하고 두 사람의 눈물에 어리운 두줄기 시선이나마, 창공을 가루질러 달을 초점(焦點)으로 하고 그 끝이 마주닿는 듯 어느듯 '슈벨트'의 '성모, 마리아'가 제풀에 봉희의 입을 새여 나왔다. 나이 젊은 수녀가 깊은 밤 십자가 앞에 꿇어 엎들여 눈물겨워 기도를 올리다가 청춘의 오뇌에 불타는 가슴을 부등 켜쥐고 성모마리아 외로운 자의 어머니 서른자의 보호인 당신 빛난 보좌로부터 내 기도 드르옵소서 슬픔 따려오고 포악스런 임검들이 고통줄때에 성모마리아 성모마리아 마리아 우리 환란 당할 때 우리들이 죽을 때 우리에게 인내력을 주옵시고 도으심을 주시옵소서… 아-멘. 하고 창백하든 얼굴에 혈조를 띠우고 목에 정렬을 끌이며 신앙의 대상자의 이름을 연겪어 불르다가 '아-멘'소리를 길고 가느다랗게 뽑고 나서는 고만 기진맥진해서 쓸어지는 그 창자를 끄는듯한 노래!

봉희는 그 노래의 '마리아'를 속으로만 세철의 이름으로 바꾸어 불렀다.

집안 사람이나 담밖에 사람이야 듣거나 말거나 목청껏 불르고 나서는 책상머리에 엎우러저 눈두덩을 부비면서 울음 섞어 기도를 올렸다.

"하나님! 저의 사랑하는 세철씨를 하로 바삐 그 어둡고 부자유한 곳에서 나오게 해 주시옵소서. 그이에게 무슨 죄가 있습니까? 그 건실하고 순직한 젊은 사람이, 우리 민족이나 사회에 무슨 죄를 지었습니까? 그이는 어머니도 아버지도 없이 자라난 외로운 사람입니다. 이 차디찬 세상에서 어려서부터 죽도록 고생만 했습니다. 무엇이 부족해서 또 그런 참혹한 형벌을 그이에게 나리십니까? 하나님! 저이가 서로 사랑하는 것이 잘못입니까? 저이들은 당신 앞에 조금도 부끄러울 것이 없습니다. 당신은 저의들의 깨끗한 사랑을 왜 방해하십니까? 하나님! 전지전능하신 하나님! 그이를 내일이라도 노아주시옵소서. 지금 이 당장에라도 내보내 주시옵소서!"

봉희는 생후 처음으로 하나님을 불렀다. 정성껏 기도를 올렸다.

봉희는 전등을 껐다. 그러나 달빛은, 가슴속의 불길

은 밤 깊도록 꺼질줄 몰랐다.

二

한판서 집에서는 택일까지 해보내고도 이핑게 저핑게로 혼인을 물려만 나간다고 하로바삐 성례라도 시키기를 성화같이 졸랐다. 별당로인의 이종되는 뚱뚱마누라는 봉희의 할머니의 곁을 잠시도 떠나지 안는다. 안잠재기처럼 자고 먹고 주인의 시중까지 들면서 새새틈틈이 혼인 독촉을 한다. 한참판 집에서는 병신자식을 둔 탓으로 행여나 펄펄뛰는 생선같이 성하고 함박꽃같이 탐스러운 봉희를 놓일가 보아 겁이 났든 것이다. '횟박'이 로인에게 세전하는 귀중한 물건까지 뇌물로 가지고 찾어오는 것은 물론 나종에는 윤자작과는 겨오 면분밖에 없는 한참판 자신까지 왕가의 자동차를 빌려타고 ××궁을 찾어왔다.

"새 사돈감의 문병을 안헐 수 있나"

하는 것을 핑계삼어 왔다가는 주인대감이 안채에 누었기 때문에 전갈하듯 인사치례만 닷발이나 해서 안으로 들여보내고 돌아갔다.

"허- 그 사람까지 몸소 오다니 이건 암사돈이 유세

151

허군"

하고 잦가은 미안적에 역였다. 풍이 동했든 당시보다
는 말을 알어들을만치 하고 요새는 각갑하다고 화를 내
면서도 방 안에서 기동을 할만치나 차도가 있었다.

"기왕 점잖은 터에 정해논걸 두 번씩 물릴수야 없지.
나두 앉어서 새사위 절은 받을만허니 여름안으로 탁방
을 냅시다"

하면 마누라는 그런 말을 기다리고 있었다는 듯이

"암 그렇구 말구요. 학교구뭐구 제맘대루 댕기게 내
버려 뒀다간 또 무슨 변괴가 날지 알아요? 온 그 정강마
루까지 나오는 양복때기를 입고는 휘젔구 댕기는걸 보면
눈허리가 시어서.... 요샌 실성헌 애처럼 밤중이면 소리를
빽-빽-질르니 하루바삐 치지 않으면 큰일나겠습니다"

하고 맞장구를 쳤다.

그네들은 벌서 셋재 며누리는 잊어버렸다. 그런 오륜
삼강에 버서나는 음행을한 계집에게 '아버님'이니 '어머
님'이니 하고 불리우는 생각만하여도 크나큰 모욕을 느
끼는 듯 자기네들은 물론이어니와 하인배들까지도 '셋째
아씨'의 일을 입 밖에만 내면 눈이 빠지도록 꾸지람을 들
었다. 그러고는 거의 봉환을 볼때마다

“그게 다 네 신수땜을 헌게다. 인젠 한바탕 악몽을 꾼 셈만치구 어떻게 속현을 헐 도리를 차려야 허지 않겠니?”

“난 몰으겠다. 이번엔 네 맘대루 참헌걸 하나 골르려무나.

이십안 자식이요 삼십안 천량이라는대…… 남 같으면 적어도 삼남매는 낳었겠다. 자손이 귀한 집안에 큰형도 계집질만 허면서 여태 자식하나 못낳어 들여오니 그러다간 이집에 손이 끝이겠구나”

하고 아들이 상처한거나 조금도 다름없어 어서 어떠한 암컷이나 수태잘할 것을 끌어드려서 씨나 받기가 급하였든 것이다. 그러면 봉환은

“민적이 그래두 있는데 요새 계집애가 첩으로 오려구드나요. 그것버텀 까닭을 내야지요”

하고 그러지않어도 여기저기 물색을 하는 중이라는 눈치를 보였다. 그와 동시에 아직도 이혼까지는 못하는 법으로만 역이는 부모를 슬그머니 얼러메는 것이었다.

봉희는 봉희대로 이런말 저런말은 간접으로 귀담어듣고 다시금 초조와 불안과 머리가 터질듯한 고민에 그탐스럽든 두 볼이 쪽 빠졌다. 인숙이도 없어 제 설음을 하소연할곳쪼차 없는 것이 더욱 설었다. 밤마다 잠을 못 잔다는

구실로 '아다 린'이라는 최면제를 몰래 사들여다가 그 약을 두서너개씩이나 먹고야 잠이 들었다. 잠이 들려는 것보다도 여차직하면 그 약 한 갑을 통으로 삼키고 영원한 잠이 들려는 결심을 하고 책상 설합속에 넣고 잠것다.

제 힘으로는 어떡할 수 없는 위급한 경우를 당하면 봉희는 이 마지막 가는 수단을 쓰는 수 밖에 없다고 마음을 다부지게 먹었든 것이다.

그러다가 하로아츰에는 봉희가 학교에 가려고 구두를 신는 데 머리도 안비슨 행낭 계집애가 치맛자락에 바람을 풍기며 두눈이 회둥그래서 뛰어 들어오더니

"자근아씨!"

하고 숨이 턱에 다어가지고 봉희를 부른다.

"왜?"

봉희는 댓돌에 허리를 꾸푸린채 고개만 돌렸다.

"저- 그전에 언젠가 한번왔든.........."

"아 그래?"

"그 학생 있죠?"

"뭐? 그래 어쨋단 말이냐?"

"그 학생이 아까버텀 대문깐에서 왔다갔다허드니......자근 아씨를 잠깐만 나오시래요"

三

　봉희는 한짝발에는 구두단추도 미처 끼지 못하고 한다름에 뛰어 나갔다. 가슴속에서 두방망이질을 하고 얼굴가죽이 뜨겁도록 확근 확근 달건만 전후를 돌아볼 겨를이 없었다.

　여전히 단벌 학생복을 입고 모자도 안쓴 채 대문간과 중문 간 사이를 팔장을 끼고 왔다갔다하는 것은 과연 세철이었다.

　세철은 등 뒤의 구둣소리에 홱 돌려다 보고는 수척한 얼굴에 빙그시 웃음을 띠우며 뚜벅뚜벅 앞으로 닥어온다. 봉희는 숨만 갓부게쉬며 인력거를 두어든 헛간 모퉁이에가 비켜 서서 몸둘곳을 몰라한다. 반가움에 겨우니까 말도 눈물도 나오지않는 듯 온몸을 오들오들 떨고만 섰다. 그러나 중행낭채에 세를든 사람들이나 문간방에서 내여다 보는 사람만 없으면 대뜸 세철에게 달려들어 그 넓다란 가슴에 머리를 파 묻고 흐느껴 울었을는지도 몰은다.

　세철은 여전히 남자다운 웃음을 띠우고 교복을 입은 봉희의 알에 위를 훌터보다가 한거름 벗쩍 닥어서더

니 서슴지 않고 봉희의 두손을 덥석 잡으며

"아직 시집은 안가셨군요"

한다.

봉희는 세철에 뜨거운 피가 단단히 잡힌 두 손을 통해서 저의 전신으로 쏟아지듯이 흘러들어 오는 것 같어서 쓰러질번하도록 정신이 앗질하였다.

봉희는 잡힌 손에 힘을 꼭 주었다가 살그머니 빼어내며

"언제 나오셨세요?"

하는 말과 함께 그제야 두줄기 눈물이 주루루 교복 앞 자락으로 흘러나렸다.

"다리는 좀 어떠서요?"

하고 재분참 물을 때에는 벌서 그 목소리는 울음으로 반죽이 되었다.

"반가운 사람보고 우는 법이 어디있어요. 다리는 이렇게 났지요"

하고 세철은 버선등에 눈이나 터는 것처럼 북어 대가리같이 앞뿌리가 헤여진 구두를 신은 두발을 탁탁 굴러보인다.

"어적게 밤에 나왔는데 병원으로 가서 복순씨가 누은 침대 밑에서 자구 왔세요. 복순씨가 나살든 집주인헌테 일러뒀드군요"

하고는

"그동안 속좀 상허셨지요"

하고 이죽거리면서도 누가 나올가 보아 조금 켕기는지 뒤를 돌려다 본다. 봉희는 더군다나 어룬들이 둘이 만나는 광경을 보고 들어간 행낭것에게 듣고 쫓어 나올가 보아 간이 콩알만 해지는 것 같어서

"그럼 지금 병원으로 갈테니 그리루 오서요. 그동안 지낸 얘기를 이 문깐에서 어떻게 다 허겠어요"

하고는 안채로 대고 눈짓을 하였다.

"엇저녁에 마침 인숙씨까지 병원에서 만나서 그동안 지낸 얘기를 자세히 들었에요. 즉접 듣지않어두 봉희씨 속은 내가 제일 잘 알지요"

"그럼 여기서 어디루 가실테야요?"

"모처럼 찾어온 사람을 왜 자꾸만 쫓지를 못해허세요? 처가가 될집엔 못오는 법인가요?"

봉희는 다시금 얼굴이 확끈하고 달었다. 뱃심을 부리고 선 사람더러 가라고 할수도 없고 더구나 들어가자고 할수도 없어서 어쩔줄을 몰르고 섰는데

"오늘은 봉희씨를 보러온게 아니구 봉희씨 아버지를

좀 만나라 왔세요”

“네?”

붉어진 봉희의 눈은 꽈리처럼 똥그래졌다.

“즉접으로 단판을 허러 왔세요. 무슨 한참판 집의 문여린가 하는자헌테 봉희씨를 빼았길 나두 아니니까…… 밤새도록 생각해보구 왔으니 뒷일은 내가 다 담당허게 염려말구 어서 학교에나 가세요”

하고 세철은 어서 가라고 봉희의 등을 더다 밀듯한다. 봉희는 세철의 얼굴만 멍하니 처다보다가

“안돼요. 되려 덧들리면 큰일나요”

하고 들어가지를 못하게 세철의 앞을 막어서는데 봉환이가 무슨 소리를 들었는지 개나 쫓이려는 듯이 단장을 휘둘르며 대문깐으로 나왔다.

四

“누구요?”

“나 박세철이란 사람이요”

“뭣허러 왔소?”

단장을 뒤로 짚고 버티고서서 곁눈으로 세철을 깔보

는 봉환의 태도는 자못 오만하다. 세철은 (이자가 봉환이로구나)하면서도 남의 이름만 물어보고 저의 성명은 대지를 안는 것부터 아니꼬아서 쥐구녕이라도 있으면 들어가라는 듯이 고개를 폭 숙으리고 오도 가도 못하고 선 봉희편으로 얼굴을 돌리며

"오라버닌가요?"

하고 봉환을 눈짓으로 가르치며 묻는다. 봉희는 입속으로만

"네"

하야 보인다.

"넌 들어가 있어. 창피스럽게 문깐에서 무슨 얘기냐"

오라비의 목소리는 매우 점잖다. 세철은 저를 엿보는 숨은 시선을 전후좌우에 느끼며

"나두 좀 창피스러우니 저리루 들어갑시다"

하고는 주인의 허락도 없이 두어걸음 앞을 서서 사랑채로 들어간다.

"여보 어딜 들어 가는거요?"

봉환은 황급히 뒤를 따라 들어오며 걸객을 내쫓는 듯한 어조로 외치며 세철의 앞을 막으려 한다. 그러나 가슴을 내어 밀고 들어가는 세철이가 저보다는 몇곱절이

나 건장해 보이고 모자도 안쓴 머리카락이 밤송이처럼 일어선 것과 부리부리한 시컴언 눈이 어찌나 감떼가 사나워 보이는지 감히 손을 대지는 못하고

"저게 누구냐?"

하고 그제야 누이에게 호령하듯 묻는다.

"왜 지금 인사하지 않았서요?"

봉희의 말씨도 순순치가 못하다. 기왕 일이 이렇게 벌어진 바에야 저 역시 망설이고 있을때가 아니라고 용기를 돋우고 만약 오라비가 거절을 하면 제가 앞장을 서서라도 아버지를 만나게 해서 단판씨름을 할 기회를 주랴고 결심을 한 것이다.

저 혼자 어대로 몸을 피하는 것도 비겁하거니와 세철의 등에 지남철기운이 있는 듯이 꼼짝못하고 끌려들어가는 것도 사실이다.

세철은 큰 사랑채 댓돌아래 까지 와서 우뚝 섰다.

"여보 남의 집엘 함부로 들어오는 법이 어디있소?"

뒤쫓아 들어온 봉환의 옹구바지를 땅에 껄리도록 입은 다리는 분해선지 겁이나서 그런지 벌벌 떨린다.

"나는 저 봉희씨허구 약혼한 사람이요. 그러니 이집이 아주 남의 집두 아니겠지요"

"뭐? 약혼을 하다께?"

놀라움에 빛나는 봉환의 눈은 사실이고 아닌 것을 질문함이 아니라 질책하듯이 멀찌감치 선 주의를 쏘아본다. 그 눈치를 챈 봉희는

"누가 거짓말을 하는줄 아서요?"

하고 얼굴을 똑바로 처든다. 봉환은 말문이 꽉 맥혔다.

"봉희씨 아버지를 잠간 뵈러 왔는데요"

세철은 침착한 어조로 여전히 봉환의 존재는 인정치 않으면서 다만 상노나 청직이에게 말하듯 주인대감에게 안내를 청한다.

봉환은 누의의 대답이 하도 어처구니가 없거니와 너무나 저를 무시하는 세철의 태도에 고만 빨끈해서

"안돼 아버진 병환중이시니까"

하고 반말지거리로 팩 쏘아부친다.

"병환이 계시니까 위문을 하랴는게 아니요?"

"한번 안된다면 안돼는게지, 여러 말할 필요가 없어"

"아버지 병 위문을 하겠다는데 일부러 찾아온 사람을 거절하는 법은 어딧소? 난 뵙구야 가겠소"

세철은 구두끈을 끌르고 사랑으로 올라가려 한다. 봉환은 얼굴에 새빨갛게 독기가 올라가지고

“게 아무두 없느냐!”

하고 샛되게 소리를 질른다. 형세가 위험한 것을 본 봉희는 오라비의 곁으로 달려가서 파랗게 질린 입술을 떨면서

“옵반 우리일에 참견 마서요! 옵바가 사람을 내쫓일 권리가 어딧어요?”

하고 대어들 듯 한다. 집안일에는 더구나 아무 정신이 없건만 그래도 새 시대의 물을 먹어서 누의의 강제결혼을 반대 하든 봉환이었만 너무나 뻣뻣한 세철과 그 편을 드는 누의에 게 잔뜩 반감이 생겨서

“무엇이 어쩌구 어째?”

하고 단장을 둘러멘다. 막버리꾼같이 험상스러운 행랑아범과 구중이 서넛이나 달려왔다.

그러자 안채로 통한 문깐에서

“뭣들을 그러느냐”

하는 주인대감의 노기를 띠운 목소리가 울려 나왔다.

五

봉환은 아버지의 앞으로 달려갔다.

안문턱에서 무어라고 고해바쳤는지 자작은 아들의 어깨를 집고 노기가 등등해서 두 눈을 부릅뜨고 사랑마당으로 지척거리며 나온다. 대문깐에서와 사랑마당에서 둘이 승강이를 하는 것을 본 아래것들은 뻔질나게 안으로 드나들며 밖에서 서방님이 욕을 당한다고 몇곱절이나 붙어서 긴급보도를 하였다. 그래서 아들이나 딸의 신변에 무슨 위험이 닥친줄 알고 불인한 몸을 일으켜 손소 쫓어 나왔든 것이다.

안문깐에서는 대방마님과 큰 아씨가 모두들 끓어나와서 와들와들 떨며 밖앝을 내여다 본다. 행랑채와 이웃집에서까지 무슨 큰 구경꺼리가 난 듯이 여편네 사내 할 것없이 수십명이나 이구석 저구석에서 숙덕이며 사랑마당을 기웃거린다.

"무슨 구경이야? 저리들 가!"

봉환은 소리를 빽 질르며 싸움꾼을 따러와 파출소 앞에 여든 구경꾼들을 몰아내듯이 단장을 휘둘르며 내쫓는다.

구경꾼들은 와르르 헤어졌다가는 그 수효가 더 늘어가지고 금새 쭉 모여든다.

"이년 안으루 들어가거라"

아버지의 호령이 나렸다. 그러나 봉희는 한편짝으로 돌아 만서며 냉큼 말을 아니듣는다.

세철은 자작의 앞으로 닥어서며

"죄송합니다"

하고 공손히 머리를 숙였다. 자작은 두 손길을 마주 붙잡고 능청스럽게 고개도 들지 못하는 세철을 잠시 눈 아래로 깔어 보고는 미친놈이 아닌것만은 확실한 듯 조금 마음을 놓는 눈치다.

자작은 상노와 봉환에게 부액이 되어 큰 사랑으로 들어갔다. 세철을 만나보랴는 것이 아니라, 구경꾼들이 자기의 주위로 꾸역꾸역 모여드는 것을 보고 대감의 체면상 너무나 창피스러워서 잠시 가까운데로 몸을 피하랴고 들어간 것이다.

봉희는 사랑 뒷곁으로 돌아들어가고 세철은 (옳다쿠나)하고 자작의 뒤를 따러 올러갔다. 안석과 사방침에 비스듬이 기대어 숨이 차서 헐떡거리는 노인을 바라보고 세철은 너부죽이 엎드려 절을 하였다. 그러고는 다시 한번

"병환이 계시다는데…… 여간 죄송하지 않습니다"

하고 거북상스럽게 꿀어 앉었다. 주위의 형세가 저 때문에 위룽튀룽한 것이 재미적은데다가 애초부터 무슨

싸음 바탈을 차리려고 온것도 아니요 노인의 화를 이이
상 더 돋구는 것이 도리어 제일에 불리한상 싶었다.

(위선 늙은이 대접은 하구나서 슬슬 구슬리는게 상
책이다)하고는 호령이 나리든 이마에 날벼락이 떨어지든
두 눈 꼭 감고 앉인 것이다. 자작도 세철이가 공손이 절
을 하고 꿀어 앉인 것을 보고(그래도 인사는 아는 놈이
로군)

"도대체 네가 누구냐?"

하고 조금 목소리를 나추어가지고 묻는다.

"박세철이올시다"

"박가?"

"네-"

"어딧 박간고?"

"밀양이올시다"

자작은 밀양이라는 말에 (상놈은 아니로구나)하고
몸을 조금 일으키어

"그런 화개동 박보국집과 어떻게 되노?"

하고 귀양의 아버지 박남작 생각이 언듯 나서 그당
내나 아닌가하고 허허실실로 무러본 것이다.

"전 그런거 모릅니다"

세철은 빵꼬난 양말사이로 삐죽이 나온 발가락을 꼼지락거렸다.

"모르다니? 제 일가와 계촌도 할줄 모른단 말이냐"

하는 말 속에는(그래도 양반 끝으머린줄 알었더니 말정한 상놈이로구나)하는 의미가 포함되었다.

"아버지가 일즉 돌아가셔서서 일가가 어디 있는줄도 모르고 자랐습니다"

"응 그래"

자작은 고개를 끄덕이더니 장판바닥에다 커다란 눈을 나려 깔고 꿈벅꿈벅하고 앉인 세철을 이모저모 뜯어보고는

"내 딸과 약혼을 했느니 어쨌느니하구 동네가 다 떠들석하니 그게 대체 웬소리냐"

하고 얼굴을 불쑥 내민다. 세철은 뒤통수를 극적극적하다가

"그 말슴이 옳습니다"

하고 무릎을 고처 꿀으며 저역시 닥어 앉는다.

"그 말이 옳다니?"

자작의 언성은 또 다시 높아졌다.

"네, 혼약을 했다구 하신 어르신네 말슴이 틀림 없

습니다”

세철의 대답은 다시 물어 볼 나위없이 똑똑하다.

六

‘어르신네’란 말 한마디는 자작의 비위를 몹시 거슬렸다. 누구나 자기 앞에서 ‘대감’을 개올리는데 귀가 젖어온 늙은 귀족은 뉘집 자식인지도 모르는 젊은 자에게 ‘어르신네’ 소리를 듣기는 평생 처음이라(발칙한 놈을 다 보겠꾼)하고 속으로 꾸짖으며 눈살을 잔뜩 찦으리고 외면을 해버린다. 실상은 세철이가 ‘대감’이라는 존경사를 모르는 것은 아니지만 저 역시 평생 한번도 입 밖에 내보지 않은 말을 자작의 비위를 마치기 위해서 ‘대감 대감’하기는 ‘계집의식’이 허락을 하지 않았든 것이다. 그래서 ‘어르신네’란 말을 고작가는 존칭으로 쓴 것이었다.

“아버지 고만 들어가시지요”

세철의 등 뒤에 보호병정처럼 시립을 하고 섰든 봉환이가 더 아니꼬운 꼴을 당하지 맙시사는 듯이 아버지의 기색을 살핀다.

자작은 비대한 몸을 일으키려고 움즉이면서

　"아직 쇠양보양한 젊은 애들이 공부나 착실히 할 것이 아니라 남의 집 처자의 뒤를 따라다니며 연애를 허느니 약혼을 했느니 허는건 불량패류나 허는 짓이야. 그런 일은 다 부형되는 사람이 알어헐께니까...... 좋도록 말할 때에 내 집을 썩 나가거라"

　하고 준절히 꾸짖어 보내려한다.

　세철은 얼핏 그 말끝을 챗드렸다.

　"네 지당허신 말슴이십니다. 그렇지만 저는 남의 집 색시의 뒤나 쫓어 다니는 불량자는 아니올시다. 우연헌 기회에 댁 따님과 만나서 오래사 괴여본 끝에 서로 사랑허는 사이가 되었구요, 저이들끼리는 결혼헐 것을 약속까지 했습니다. 그렇지만 지금 말슴허신대로 부모되시는 어른께 양해를 받는 것이 도리혀 옳을줄 알구서 정당헌 수속을 밟으려구 온 것이 올시다"

　하고는 무릎으로 기어서 자작의 앞으로 더 닥어앉으며 목소리를 높여

　"저이들은 열렬허게 사랑허구 있습니다. 저는 제 몸에 어떠헌 일이 닥치든지 한번 굳게 맹세한 따님을 놓치지 않겠습니다!"

　하고 목소리까지 떨어가며 저의 굳은 결심을 토파하

였다.

"안돼! 너이끼리 맹서했다는 것도 종잡을 말이 못되거니와 그 애는 벌서 정혼을 했으니까 여러말 헐게 없다"

자작은 딱 무질러 버리고 아들에게 손을 잡혀 일어선다.

세철은 어쩔줄을 몰랐다. 저 혼자 아무리 간청을 해본댓자 믿어주지도 않을뿐 아니라 참정말 미친놈 구슬이 되고 말겠는데 봉희를 불러다가 무릅마침을 하잘수도 없는 노릇이다.

그러는 판에 뜻밖에 봉희가 수청방을 돌아서 나왔다. 옷을 갈어입고 아버지의 담뱃대와 쌈지를 들고 들어와서 얼굴에 억지로 화색을 띠우고

"아버지 담배 태워 드려요?"

하고 일어서 나가려는 아버지의 소매를 잡으며 응석하듯 한다.

봉희는 제방으로 들어가 문고리를 안으로 걸고 손톱녀물을 썰며 생각하든 끝에(자꾸만 반항하듯허면 역정만 더 내실테니 될일도 안돼)하고 아버지가 저를 고명딸로 제일 귀여하든 터이니까 마지막으로 어리광이나 부려서 위선 노염이 풀리시도록 한 뒤에 죽자꾸나 하고 매

달려서 떼를 써볼 작정으로 한꾀를 내였다. 그래서 담뱃대를 무기삼어 들고도 다리가 떨리것만(죽으면 고만이지)하고 대담스러히 나온 것이었다.

그러나 아버지는 딸을 흘깃보더니

"이년 죽일년 같으니 어딜 나오느냐"

하는 호통과 함께 성한 손으로 담뱃대를 홱뺐더니 죽어라하고 봉희의 머리를 후려갈겼다.

"애고머니!"

하는 비명과 함께 봉희의 관잣노리에서 새빨간 피가 대줄기 같이 뻗치다가는 오른편 뺨으로 주루루 흘러나린다. 그 피는 자작의 저고리 앞섶에 까지 튀였다.

세철은 벌떡 일어섰다. 고꾸라지려는 봉희를 부둥켜안고 손바닥으로 그 이마를 눌르면서

"피, 피를 보서야겠습니까? 그-에 우리들의 새빨간 피를 보서야 시원허겠습니까!"

하고 주먹을 쥐고 부르르 떨며 목청껏 부르짖었다.

5장
조그만 생명

—

경직이가 집에 다닐러 온뒤에 인숙의 거처는 안정이 되였다. 삭을세 든 사람을 내보내고 누의를 행낭방에서 불러올렸다.

"동기라고는 너 하나 밖에 없는걸 나두 어렵지만 어떡허느냐.

힘차라는대루 많지 않은 학비니 대여주마"

하고 경직은 윤가집의 태도에 몹시 분개한 나머지에 누의의 처지를 동정하였다. 비록 천냥만냥판에를 따러 다니는 사람이었만 술만 취하지 않으면 빈말이래도 점잖게 하였다.

사실 경직이도 나이를 듬쑥히 먹었거니와 세상의 거

치른 물결에 부닥겨나서 달떳든 마음을 잡고 정신을 밧작 차린 것이다.

인숙은 파산했든 살님을 다시 시작한 것처럼 학교에 다니는 것이 신산하였다. 그러나 모든 것을 꽁꽁 참고 싀집이고 남편의일이고 생각지 말자하고 학교에만 다녀오면 서툴러진 복습을 하기에만 정신은 쏟았다.

그러는 한편으로 오라비에게 월사금이나 학용품은 겨우 타 집에서 야단이 날가보아 쓰지만 재봉이니 자수니 그밖에 무슨 회비며 무어시며 객쩍은 돈이 매삭 수월치 않게 들었다.

그래서 인숙은 생각다 못해 그저 병원에 있으면서 밤이면 몰래 나다니는 복순의 주선으로 헌 재봉틀 하나를 월부로 얻어다 놓고 '내재봉소'라는 종이쪽지를 대문에 내붙이고 바누 질품을 팔기 시작하였다.

그러나 아모리 어려서부터 안목이 높고 솜씨가 좋고 일새가 빨른 인숙이라도 하로종일부터 앉어 하는 일이 아니요, 학교에 다녀와 대강 복습을 하고나서 사람을 안 두고 지내는 터이라 뚝섬집과 같이 저녁을 지어먹은 뒤에야 시작을 하는 것이라 그 수입이 변변할 수 없었다.

그러나 동내 사람들이 한두번 인숙의 바누질 솜씨

를 보고는 (어쩌면 이런 재주를 가지구 왜 싀집사리를 않언단 말요?)하고 박어내고 꼬매낼 사이가 없이 연줄 연줄로 가을옷의 복감까지 들어밀었다.

인숙은 학교에 다니는 것보다 재봉사 노릇을 하는 것이 본업이 되다싶이 해서 홀로 앉어서 짜른 밤을 꼬박이 새우고 두 눈이 빡빡한 것을 그대로 학교로 가는 때도 많었다.

그동안 봉희는 여러번이나 찾어왔다. 맨 첫번은 시골서 첫 날 저녁을 치르고 올라오든 이튿날 동부인을 해서 누구보다 먼저 찾어와서

"새언이 우리 살님허는 구경갑시다. 스끼야끼 남비까지 샀는데 저녁이나 먹으며 놉시다"

하고 정식으로 만찬회에 초대를 하였다. 그러나 인숙은 혼인 전에 의복까지 갔다가 말러주었고 봉희의 내외를 눈물을 흘려가며 반기면서도

"이담에 가보는 날이 있지요. 내가 왜 자근아씨 살림살이를 가보고 싶지가 않겠우"

하고 혹시나 싀집사람이 왔다가 마주칠가보아 구지 사양을 하였다.

그 눈치를 챈 봉희는 그 뒤에도 종종 와서는

"우리 집에선 누구하나 발그림자두 않어우. 난 아주 죽어나 간 셈만 치시는데……"

하고 별별 소리를 다허다가 귓속하듯이

"그러지 않어도 어머니는 아버지 몰래 인력거를 타 구왔다 가셨다우. 그래두 인사가 그렇지않고 내가 먼저 '불초의 여 식을 용서해줍시사'고 미리 편지를 했었지. 어 머니는 날붓들고 울며 불며 '이렇게 불성 모양으로 어떻 게 사느냐'구 걱정을 허시다가 얼만지도 몰으지만 돈을 끄내시는걸 그이가 '부지깽이 하나라두 댁의 물질을 받 을 까닭이 없다'고 마주대고 불쾌허게 말을 해서 무색해 가셨다우. 행낭계집애는 가끔 팔랑거리구 오지만……"

하면서 가치 가자고 사뭇 졸러대어도 인숙은

"글세 버젓이 찾어갈 날이 있다니까 그러는구려"

하고 싀집이야기를 한마디라도 들어서 갓득이나 한 심사를 어지러트리지 않으려 하였다.

봉희도 동무들까지 감쪽같이 속이고 학교를 계속해 다녔다. 어른도 뫼시지않어 솟곱질같은 살림이라 양복입 은 남편의 옷뒤를 거두는 것도 아니요 손님 접대를 분주 히 하는 것도 아닌데, 홀몸으로 있을 때 교원면허장 하 나는 마터두어야 한다고 남편이-즉 세철이가 들어앉지를 못하게 하였든 것이다.

그러나 봉희는 밤이면 옷을 갈어입고 간장 담그는 법, 고초장 담그는 법까지 물어보려 인숙에게를 다녔다.

二

그러자 인숙은 학교에 다닌지 한달뒤쯤부터 몸에 이상이 있는 것을 차츰차츰 깨달았다.

여자만 다달이 당하는 구찮은 일이 봉환에게 그짓을 당하는 달부터 조금씩 비치다 말다 하여서(아마 그 병을 알은 까닭인가 보다)하고 신지무의하고 지냈다. 기왕 홀로 지내는바야(영영 끈처버렸으면)하는 생각까지 들었든 것이다.

그러나 요사이 와서는 식성이 변해가는 것이 확실하였다.

복송아나 미깡같은 산성(酸性)의 실과가 먹고 싶고 철 아닌 통김치 생각까지 나는데 조금도 중독성이 아닌 음식을 먹것만 구역이 심하게 났다. 상학시간에도 속이 메시꼬운 것을 참다 못해서 변소에 가서 창자가 끌어 올르도록 한참씩 돌르고 나와서 하로종일 굶을때도 있었다.

(이게 대체 윈일일가?)하면서도 인숙은 아직 한번도

177

경험은 없것만(혹시 내가 아이를 밴 것이나 아닐가)하는 의중이 더럭 났다. 그와 동시에(이게 정말 아니면 어떡허나)하고 몸서리를 쳤다. 마음으로는 아모니 임신인 것을 부인하려고 하나 나날이 달려가는 모든 증세가 다른 병이 아닌 것만은 확실한 것 갔다.

가슴이 답답하고 현기증이 난 것처럼 어찔어찔하기도 하고 어떤 음식은 냄새만 마터도 구역이 더 심해가는 것과 이달에도 있을때가 지냈는데 조금씩 비치든 것조차 똑 끈친 것이라 든지 입덧이 나서 아조 굶다 싶이 하고 지내는데도 알엣배가 조금씩 이상스러히 불러오는 것 같은 것을 종합해 보면 다른 여자들이 첫번 임신을 하였을때의 증세와 조금도 다를 것이 없다.

더군다나 봉환에게 강제로 그런 일을 당하든 날짜를 꼽아보니 석달하고도 한 열흘 남짓하다.

인숙은 다시금 몸서리를 첫다. 이번에는(이것이 다른 병이나 됩시사)하고 빌어도 보았다.

(그럴 리가 없지. 그 뒤에 그렇게 몹시 알었는데 설사 아이가 들었었드래도 벌서 떨어지고 말었겠지 인제야……)하면서도 아이를 둘이나 난 뚝섬집에게 빗대어놓고 임신초기의 증세를 물어도 보았다. 눈치 빠른 뚝섬집은

“내-게 나보기에두 달릅니다. 그럼 아기를 서는 것이 확실 허지 뭐요”

하고 저의 경험을 좍 이야기하면 인숙을 놀리기까지 하였다.

그뒤로 인숙은 재봉틀을 둘르며 앉어서 밤을 새우면서 다시금 고민을 하기 시작하였다.

(건강한 내 남편과 마음에 있는 결합으로 임신을 하였다면 얼마나 기쁠까? 내가 속으로는 남처럼 내혈속이나 하나 나어보기를 얼마나 기다리고 바랐었든가. 그러치만 아아…….)하고 인숙은 입살을 깨물며 울었다. 슬픈것보다도 분하고 분한것보다도 앞일이 겁이 났다.

(그 불순한 동기, 그 못된 병을 알는 사람의 씨 그것은 신성한 사랑의 씨가 아니라 금수같은 남성의 성욕의 씨요, 화류 병을 알은 증거품이 될 것이 아닌가. 아직은 꼼지락거리지도 못하는 조그만 생명이 그 병균의 결정체(結晶體)가 아니고 무엇일가) 날이 갈사록 인숙의 정신상 고통은 육체의 변화 이상으로 커갔다.

인숙은 어느날 학교에 다녀나오는 길에 허의사를 찾어갔다.

첫째는 확실한 일이래도 의사의 진찰을 받어서 혹시

임신이 아니라는 말을 요행으로 들을가 함이요, 둘째는 임신한 것이 틀님없다 하드래도 병신 자식을 나흘바에야 차라리 달수가 차가기 전에 특별이 조처할 어떠한 수단이 없을가하고 별르고 별르다가 의형제까지 하자는 숙친한 허의사를 찾어 가볼 용기를 내었든 것이다.

인숙이가 병원에 들어서자 허의사는 마침 왕진을 나갔다가 들어와 가방을 들고 인력거에서 나리며 인숙을 반겼다.

三

허의사는 인숙의 말을 자세히 듣고 반쯤 웃으면서 고개를 끄덕이더니

"어디 봅시다"

하고 인숙을 눕히고 몇군대를 대강 진찰해 보고나서

"아기를 서는게 확실허구면. 석달남짓헌듯헌데 첫 아들을 낫켓군 미리 한턱 내야지"

하고 인숙을 놀린다.

"아 정말요..........?"

인숙은 새삼스러히 놀랐다. 경험 많은 의사의 진단

이 틀림없으리라고 믿어질사록 제가 임신한 사실을 믿고
십지가 않었다. 차라리 다른 병처럼 몇 달이고 앓다가 낫
는 병이었으면 하였다. '첫아들을 낳겠다'는 말 한마디야
말로 시집간 여자에게 있어서 얼마나 반갑고 기쁜 말일
가. 그러나 인숙은 대나제 방짱을 친속에 들어 앉인것처
럼 눈앞이 캄캄하였다.

"그럼 임신이구 아닌걸 내가 몰을라구. 임신헌 동기
를 잘 아니까 혹시 자궁외 임신이나 아닌가 허구 의심을
했는데 그렇다면 서너달만에 파렬이 돼서 알에새가 지독
허게 아프구 피를 많이 쏟아서 피부가 창백해지면서 제
정신을 잃고는 맥이 가늘어 지다가 나종엔 호흡까지 급
해저서 대개는 아주 위험상태에 빠지는 법이요. 그렇다면
야 배를 갈르구 태아를 끄내는 큰 수술을 하는 수 밖에
없지만 우리아우는 조금두 그런 증세는 없으니 안심해두
좋와요. 안직같어선 보통으로 임신을 헌게니까……"

인숙은 개복수술을 한다는 말이 끔찍해서 눈쌀을
찡그렸다.

"그렇지만……단번에 그렇게…… 더군다나 그 뒤에 몹
시 앓기까지 했는데요……?"

"그러길래 운명의 작란이란 심술궂거든. 내외가 노

상 동침을 해야만 애를 배는줄아우? 어쩌다 빌려서 그런 일이 있으면 역난없이 표가 나는 법이야요. 왜 신문에두 가끔 나지않우. 공원 같은데서 여학생이 폭력으로 그런 일을 당해서 어느 놈의 씬지두 몰으는걸 배구는 고민 끝에 독약을 마셨다구”

인숙은 의사의 말을 들을사록 점점 더 불안해졌다.

“그럼 어린애헌테까지 병독이 올맞으면 어떡해요?”

“림질은 유전이 안된다지만 전염이 되기는 첩경 쉽지. 병신 자식을 낳는건 그 아비가 ‘알콜’ 중독자나 화류 병환자인 경우가 많으니까……”

그 말을 듣자 인숙은 경련을 일으킨 듯이 불안과 공포에 온몸이 떨렸다.

“선생님! 이를 어쩌면 좋와요? 난 죽으면 죽었지 병신 자식은 낳기 싫여요! 아시다싶이 남편이란 사람허구는 남남간처럼 됐는데 더군다나 자식을 나면 병신 자식을 나면……”

하고 말끝을 마치지 못하고 느껴울며 허의사의 수술복 자락을 잡고는

“선생님 어떻게든지 애를 안낳도록 해주서요! 눈먼 자식이나 사지를 못쓰는 걸라서 길르는 것버덤은 얼는

꺼내 버리는 것이 낳지 않겠어요? 네, 선생님! 나는 죽는
대야 조끔두 원통헐게 없으니 죄선허시는 셈만 치시고
제배를 갈러주세요!

어린걸 끄내주서요!"

하고 안타까히 애원 하는 것을 보고 곁에섰든 간호
부까지 눈물이 나서 돌아섰다.

허의사는 안경속의 두 눈을 꽉 감고 한참이나 무엇을
생각해 보다가 간호부가 밖으로 나가는 것을 보고서야

"좋은 수는 한가지가 있지만 내손으로는 헐수가 없
오. 산모의 체질이 몹시 약하거나 생산을 헐 수 없는 병
이 있어서 둘이 다 죽을 념려가 있는 부득이한 경우밖에
는 락태를 시기지 못허는 법이니까…… 그뿐 아니라 원인
은 어찌되였든 뱃속에서 꼬물거리는 조고만 생명을 인공
으로 뗀다는건 자연의 법측의 위반이 되는 일종의 죄악
이 아니겠오? 넘우 미리부터 걱정을 허지 말고서 심신을
안정시기고 기다려보우. 수태한 동기가 낫벗다고 반드시
성치못헌 아이를 낳는다고는 의사도 보증헐 수 없는 노
릇이니 맘턱놓구서 가끔 찾어와요. 내 잘봐주께"

하고 안심을 시기는데 환자가 두었이나 와서 인숙은
햇쑥한 얼굴로 진찰실을 나왔다.

四

의사에게서도 시원한 소리를 듣지 못한 인숙은 나지면 낮 밤이면 밤을 머릿속이 지글지글 끌는듯한 고민 가운대에 지냈다. 그러면서도 (아주 들어눕게 되는 날까지는 하루도 빠지지 않을걸)하고 학교에는 머리악을 쓰고 다녔다.

그러나 인숙은 점점 몸꼴이 나갈사록 그 고민은 배 속에 자라는 어린애와 같이 커갈뿐이다.

(아무리 조그만 핏덩이에지나지 못하지만 어째서 자식이라는 생각이 들지 않을가)하고 저 스스로 제 마음을 의심하였다. 밤새도록 재봉틀하고 씨름을 하다가 반드시 들어누어서 꼿꼿한 허리를 잠시 펴면 어린애가 배 속에서 꼼틀꼼틀 노는 것 같다.

인숙은 가만히 배우에 손을 언지며 어머니의 젖가슴에 안 겨서 우유빛같이 히고 토실토실한 사지를 바둥거리며 얼러주는대로 방싯 방싯 웃는 남의 집의 옥동자를 눈앞에 그려보랴면 비로소

"이게 내 자식인가?"

하는 생각이 들기도 하고 눈도 코도 보지못한 피덩

이에게 대한 모성애 비슷한 애착심도 생기는 듯

아아 건강하고 의초 좋은 남편과 정당한 결합으로 생기는 사랑의 결정이라면 얼마나 기쁠가 얼마나 자랑스러울가)하고 몇번이나 같은 생각을 되풀이 하랴면 저도 모르는 겨를에 눈물이 눈두덩을 뜨끈하고 배여 나왔다.

(어떡허면 좋을가. 남편하고는 절연상태에 있는데 이 지경이 되었으니 성한 자식을 낳는대도 사생자와 다름이 없지 않은가)하매 것잡을 수 없이 섧고 원통하였다.

(어떻겠든지 아이 아버지된 사람에게 알려는 주어야지 아무리 환장이 되었기로 나종에 딴소리야 하지 않겠지만 아무튼지 윤가의 씨니까)하여도 보나 인제와서 '아이를 배었읍네'하고 제발로 찾어가서 배를 내밀기는 자존심이 허락을 하지 않었다. 그래도 혹시나 봉환이가 찾어나 온다면 그런 말을 하게 되는지 몰나도 집안식구까지 발을 뚝 끊고 지낸지가 벌서 몇 달이라고 죄 지은 것 없시 이쪽에서 먼저 머리를 숙이고 들어갈 까닭은 조금도 없다고 고집을 세울사록 문제는 점점 해결하기가 어렵게만 되어간다.

(어린애가 귀한 집안이니까 고슴도치도 제 색기가 함함한 줄 안다는데 손자하나 얻는 바람에 감지덕지해서

맞어 들일지도 몰으지)하다가도 제가 그런 생각을 하는 것부터 비열한 것 같어서(그러면 나는 정말자식이나 나 어바치든 기계가 되구 말게)하고 머리를 좌우로 흔들었다. 봉환이도 자식 귀여워 할 나이가 되었으니까 어린것의 고사리같은 손이 어미아비의 얼크러진 사랑의 줄을 갈러쥐고 매어달려서 천리만치 떠러진 거리(距離)를 단간방속에 옥으려 넌것만치나 가까히 끌어 달여 줄는지도 몰으리라고 공상도 하여보다가(그게 정말 부부간의 사랑인가? 제 자식에게 젖을 많이 빨리랴고 해주는 고기반찬을 얻어먹는 유모와 맛찬가지지 뭐야)하고 인숙은 부부간의 사랑을 회복하고 위해서 어린 것을 그 도구(道具)로 리용하랴는 공상부터 순결치 못한 것 같었다.

더구나 인숙이가 임신한 눈치래도 채인 사람은 뚝섬집 하나 뿐이오 허의사가 알고 있을뿐. 비밀이 될 수 없는 일을 비밀로 직히지 않을 수 없는 것이 인숙에게는 더욱 분하고 설었다.

그러다가 또 얼마 지낸 뒤에 인숙은 생각다 못해서

"나종엔 어떻게 되든지 아비될 사람에게 한번 알려주지 않을수 없어"

하고 봉환을 조용히 만나볼 기회를 만들 궁리를 하

다가 어느날 저녁때 학교에서 도라오는 길에 처음으로 봉
희가 살림하는 집을 찾었다. 위선 최근의 봉환의 동정을
알어보랴만 아무리 끊고 지난다 하드라도 친정과 내왕이
있을듯한 봉희에게 넌짓이 물어볼 수밖에 없다고 생각
한 것이었다.

五

"아이고 새언니 오늘은 바람이 어디로 불었수?"

행주치마를 둘르고 툇마루에서 밀가루 반죽을 하고
앉었든 봉희는 깡충 뛰어 올를 듯이 반색을 하고 인숙의
두손을 붙들고 방으로 마저 들였다.

"찾어오는 날이 있다구 그러지 않었수? 요샌 한번두
안오길래 무슨 연고나 있나 허구 궁금해서....."

하고 인숙은 방안을 둘러본다. 방은 도배를 새로해
서 깨끗하나 세간이라고는 전에 본 일이 있는 세철의 책
상하나와 헌 고리짝이며 웃목에 알룩 알룩한 노랑종이
로 배접을 한 의걸이 하나와 조그만 경대가 한구석에 놓
였고 고물상에서 사들인 듯한 찬장이 놓였을뿐, 윤자작
의 고명딸로 한참판의 맛며누리가 될번한 봉희의 세간사

리로는 지나치게 검소하다.

인숙은 속으로만(남의 집 단간방에서 너저분하게 벌려놓지 않고 사는게 되려 간촐해 보이는군)하고 살님 한번 나보지 못한 것을 생각하니 봉희가 슬그머니 부럽기도 하였다.

인숙은 툇마루에 놓고 들어온 책보에서 엿과 석냥을 끄내 보며

"엿처럼 늘어나구 불처럼 활활 일어납시다"

하고 웃으운 소리를 하면서도 진심으로 살님이 늘기를 축복해 주었다. 봉희는

"이런걸 뭘다 사왔수? 우리 집에 달은건 없어도 석냥 한가지는 흖허다우"

하고는

"외무대신이 들어오면 같이 먹어야지"

하고 콩 하나도 반쪽씩 논아먹는 내외간의 의초좋은 것을 자랑하듯하며 엿을 벽장속에다 넣는다.

"참 외무대신은 늦게야 들어오우?"

"일이 바뻐서 날마두 어둬야 들어온다우. 아 접때는 같이 일허는 사람들이 들끓어와서 마침 돈두 떨어지고 그릇 한가지 변변헌게 없는데 혼자 밥해먹이느라고 아주

혼이 났었수. 그날 저녁에 술을 다먹고는 취해서 '귀족의 령양'이니 '문 열이헌테도 가라'느니 허구 주정을 허길래 한바탕 박아지를 박박 긁어줬드니 꿈쩍두 못 허겠지. 남의 비위를 극적거리는 버릇을 못 놓겠나봐"

하고 생글 생글웃더니

"잔재미는 하나두 없는줄 알었지만 점점 뚱딴지가 돼가요 글세에. 저녁에 와서두 발매금지된 책만 얻어다보구 앉었다우. 또 붙잡혀 갈려구 그러는지"

하고는 쓸쓸이 웃고만 앉인 인숙의 얼굴을 그제야 빤히 처다보더니

"그런데 왜 새언니 얼굴이 저렇게 못됐수? 핏기가 하나두 없구려. 또 어딜 앓었수?"

한다.

"별두 아픈텐 없어두 너무 고단해 그런가봐"

"학교에 댕기는 것만해두 요샌 여간 고달프지가 않은데 바누질을 허느라고 짜른밤을 새다시피허니 견딜 노릇이요?"

"그래두 맘이나 편하면 견디지만······"

인숙의 얼굴에는 수심이 끼었다. 인숙은 그 눈치를 봉희에게 보이지 않으려고(이따가 조용히 얘기를 하리라)

하고

　"밀가루 반죽은 해서 뭘허우?"

　하고 화제를 돌렸다.

　"가끔 별식을 해먹는다우 반찬두 없이 맨쌀만 삶어

먹으니까 인젠 밥이 물렸어"

　하고 웃어보이더니 경대설합에서 조그만 지갑을 끄

내들고

　"잠깐만 기다려주우. 응"

　하고 붙들 사이도 없이 밖그로 나간다. 인숙은 (반찬

거리를 사러 나가나보다)하고 미안적게 역이여 부엌으로

나려가 보았다. 합실 아궁이에는 물을데어쓸 솔 하나도

걸리지 않었는데 풍로에 조그만 왜솔 하나가 동그마니

올러앉었을 뿐이다.

　뒷주 대신 새우젓독이 한구통이에 놓인 것을 열어

보니 쌀은 겨우 한웅큼쯤 밑바닥에 깔렸다. 둘이 간신히

끓여먹을 만한 월급을 서너달치나 미리 썼기 때문에 신

혼초부터 착실히 군색한 모양이다. 그런데도 봉희가 어려

운 눈치는 조금도 보이지 않고 무엇을 사러간 것이 여간

안스럽지가 않어서 인숙은 손을 씻고 툇마루로 가서 봉

희가 반죽하든 밀가루 덩어리를 담은 양재기를 닥어놓

고 앉는데, 봉희의 말마따나 이집의 외무대신이, 기계 기름이 묻은 로동복에 자전거를 끌고 들어오더니

"오셨세요?"

하고 깍듯이 인사를 한다.

六

조금 뒤에 봉희는 고기를 사가지고 들어왔다. 그것을 본 세철은

"이왕 만찬회를 열랴면 손님을 더 청해와야지"

하고 자전거를 끌고 나갔다.

"또 복순씨를 데릴러 가는군"

하고 봉희는 남편의 뒤를 따러 나가며 무어라고 귀속을 하고 들어왔다.

세철은 무슨 음식끗만 보면 번번히 병원으로 복순을 불르러가거나 전화를 걸었다. 둘이서 함께 자취를 할 때에 고생하든 생각을 하고 제 힘껏은 대접을 하는 것이었다.

"접때두 밤에 몰래 왔것만 가는 길에 문 앞에서 아는 형사를 만났대요. 인제는 놀려 단닐만 허냐구 얄궂게 웃으면서 갔다는데 압만해도 또 붙들려갈가 보다고 노상

걱정이라우. 이때까지는 허의사가 좀 더 치료를 받어야 한다구 내놓지를 않는 덕택에 그저 병원에 있긴 허지만"

봉희는 저의 남편의 신변에 또 다시 위험한 일이 닥칠가 보아서 복순에게를 넘우 자주 찾어다니는 것을 재미없게 역이는 눈치다.

"나두 퍽 오래 못봤는데 제-발 어디로 다러나 났으면 좋겠어. 요새야 겨우 산사람 같은걸 또 들어가면 어떻건단 말이요?"

하고 둘이서 한걱정을 하면서 주인집에서 다드미 방망이를 얻어다가 인숙은 반죽한 것을 밀어서 썰고 봉희는 부엌에서 밀국수에 넣을 양념을 만드는데 세철이가 복순을 앞장세우고 들어왔다.

"이집에 귀빈이 오셨군. 여길 오니까 만나겠구려"

"어서 오서요"

"요샌 좀 더 나요. 왜 삼청동엔 발을 끊고 지냈오"

인숙은 마당으로 뛰어나리며 복순을 영접해 들였다.

"도적질허드키 나단니것만 가끔 들켜서 어째 오늘낼 하는 것 같어요"

하고 복순은 부엌편으로 대고 코를 쫑긋하더니

"에-키, 맛난 냄새가 나는군. 난 이집에 와야 소복을 하거든"

하고 그 넘데데한 얼굴에 연방 표정을 해가면서 익살스러히 떠드는 품이 어지간히 건강이 회복된 모양이다.

네 사람은 참 정말 가족적으로 둘러 앉어서 지난 이야기와 옷은 말도 해가며 밀국수를 맛있게 먹는데 돌연히 머리우에서 삐-ㄱ하는 소리와 함께 '피아노' 소리가 지장우의 '라듸오'통에서 울어 나왔다. 어린이 시간의 귀엾고 활발한 아이들의 독창과 합창은 방안의 화기를 한층 더 돋았다. 이 가정의 유일한 오락기구로 세철이가 가개에서 헌 기계를 들여다가 제 손으로 맞추어 논 것이다.

봉희는 자못 유쾌하고 자미있는 듯이 '라듸오'에서 나오는 창가에 맞추어 콧노래를 불르며 '땐스'를 하듯이 발을 띠워놓으며 방으로 부엌으로 드나들면서 시중을 든다.

인숙이도 먹었으면 하든 밀국수 한그릇을 여간 맛있게 먹지 않었다.

"국물 더 있수?"

하고 투정을 해가며 생후 처음인 듯이 유쾌한 기분에 쌓여서 두 그릇이나 먹었다.

"원님 덕에 나팔을 분다더니 손님 덕에 내가 잘 먹

었군"

하고 세철이가 싱글싱글 웃으며 배를 두드리는데 봉희가

"궁상 떨지 말어요"

하고 톡 쏘며 남편을 살짝 흘겨본다.

"흥 몰으는 말이지 대장부는 냉수를 먹구두 이를 쑤시는 법이라우"

하고 이죽거려서 방안이 보다 간간대소를 하였다.

그러나 인숙은 남의 운에 딸려 웃으면서도 저홀로 외롭고 쓸쓸한 생각이 들어서 다른 사람의 눈에 보이지 않는 눈물이 몇번이나 소리없이 마음속을 흘렀다.

세철이가 다시 나가서 사가지고 들어온 수밀도를 벗겨 먹으며 네 사람은 '라듸오'가 천기예보를 할 때까지 감회깊은 지난 이야기를 하다가 일어섰다.

인숙은 문깐에서 봉희의 귀에다가

"일간 틈이 있건 놀러오우. 얘기두 좀 헐께있으니"

하고 넌짓이 일르고 대문깐을 나서는데 추녀밑에선 난데없는 시껌언 그림자가 앞서나가는 복순의 앞을 가로막었다.

七

네 사람의 등어리는 일시에 냉수를 끼얹인 듯 선뜩하였다.

모처럼 유쾌했든 기분이 무참히도 흩어저 버렸다.

복순의 앞을 가로막은 시꺼먼 그림자는 가개앞 전등 아래 정체를 들어내며

"재미들 좋군요"

하고 대문 밖으로 전송을 나온 인숙과 세철의 내외의 아래우를 곁눈으로 훑어본다. 그자는 세철이도 잘 아는 조선말 잘하는 ××서의 고등계 형사였다.

복순은 조민간 당할 일이 오히려 늦게 닥처온 듯이 태연히 걸으며

"그러잖어두 혼자 가기가 호젓하더니 잘 만났소. 날 좀 병원까지 바래다 주구려"

하고 병원편짝으로 발을 띠어 놓는데

"아니, 오늘 저녁엔 나허구 같이 가야해"

하고 형사는 복순의 소매를 잡는다.

"가긴 어딜 가잔말이야. 밤중에 누가 도망을 갈줄 알어?"

“그만큼 사정을 보아주었으면 고마운줄 알어야지. 재판소의 명령이 있는지 주임이 꼭 보자구해서 초저녁부터 찾아 다녔는데”

주임의 명령까지 있다는 말에 복순은 뻗딩겨도 소용이 없을 줄 알고

“그럼 잘들 있어요!”

하고 뒤를 돌려다 보며 손을 든다.

세철은 뚜벅뚜벅 걸어와 형사의 곁으로 붙어서 걸으며

“아직 병두 다 낫지않은 사람을 웨 그렇게 급하단 말이요?”

하고 질문을 하는데 뒤에 숨어서 따러오든 다른 형사가 중대범인을 빼앗어 나가는 듯이 달려들며

“무슨 참견야. 저리가!”

하고 소리를 꽥질르며 앞서가는 형사와 세철의 사이를 떼어 놓는다.

“따러오면 뭐해. 들어가 어서”

하고 복순은 기왕 이렇게 된 바에야 여러 말하는 것이 도로 혀 재미적다는 눈치를 보인다.

세철은 그런 말을 듣는체 마는체하고 복순을 호위하고 걸으며

"들어가우. 따러 오면 뭐허우? 인숙씨두 바루 올라가시구요"

하고 오고가는 행인들 사이에 섞여서 집을 비여놓고 고무신 짝을 끌며 쫓아오는 봉희와 인숙을 돌려다본다. 그래도 봉희는 발을 멈추지 않다가

"그럼 잘 다녀 나오서요. 부-디 몸 조심하서요"

하고 코메인 목소리로 작별의 인사를 하였다. 복순은 돌처 서서

"그동안 옥동자나 하나 나우. 내 잘있다 나와서 안어주께"

하고 봉희의 어깨를 두드려준다. 봉희는 말대답도 못하고 입술을 깨물며 돌아섰다.

인숙은 급한 병에 죽은 동지의 상여 뒤를 따러가듯이 머리를 떠러트리고 길거리의 불빛에 빗기는 복순의 그림자를 밟으며 걸었다.

(복순은 내병을 고처주려고 나왔다가 제몸의 병은 다 고치지도 못하고 또 끌려 가는구나. 나는 한가지도 그를 위해서 해준일이 없는데……)하니 복순에게 대해서 미안과 감사와 무한히 가엾은 생각에 참어도 참어도 눈물이 앞을 가리는 것을 억제할수 없다.

경찰서 붉은 전등 밑까지 오자 세철은 복순의 손을 굳게 잡으며 저력있는 목소리로

"누님! 아무 걱정말구 몸성히 다녀 나오세요. 우리들이 누님의 등 뒤에 있으니 인젠 아무 념려말우!"

하고 잡은 손을 놓지 못한다. 복순은 한팔을 세철의 어깨에 얹으며

"오냐 나두 등 뒤가 든든하다. 이번엔 여행을 간셈만 치고 기다려다우!"

하고는 붉은 전등불 밑에 소매로 얼굴을 가리고 돌아선 인숙에게로 달려가서 두손을 잡으며

"인숙씨! 그동안에 아주 깨끗하게 자유로운 몸이 되어주우!

난 그밖에 더 부탁할 말이 없어요"

하는데 형사들은

"무슨 여러 말이야"

하고 좌우에서 복순의 등을 밀었다. 인숙은 복순의 등 뒤에다가 대고 떨리는 목소리로

"잘 다녀나우!"

한마디를 간신히 하였다. 눈앞이 어른거려서 경찰서의 우중충한 넓은 마당을 지나들어가는 복순이가 똑똑

히 보이지를 않었다.

八

이튿날 저녁때에 봉희는 약속한대로 인숙을 찾아갔다.

학교에서 바로와서 교복을 입은 봉희는, 지난밤에 주부노릇을 할 때와는 딴 사람인듯한 느낌을 인숙에게 주었다. 인숙도 학교에서 나온지가 얼마 아니되어서 옷도 가러입지 않고 있었다. 인사가 곳난뒤에

"자근 아씨는 시집을 가구 복순이마저 또 붙잡혀가고나니 난 참 정말 외톨로 굴러 댕기는 것 같구려. 엇저녁에 세철씨가 집에까지 바래다 주지 않었드면 바루 한강 철교로 나갈번 했수"

인숙은 집에 와서도 잠을 자지 못해서 눈이 매어달리고 입술이 다 탔다.

"엇저녁엔 새루 두시가 돼서 들어왔다우. 여기까지 올라왔다가는 어찌나 가슴이 답답헌지 집에 들어올 생각이 없어서 그때까지 길거리로 쏘댕겼대. 복순씨두 참정말 가엾지만 이 달에 타는 식비를 가지구 감옥에 사식을 차입해 주자구 그리니 큰일났수"

“그렇지만 어떡허우. 난 미결로 있을때까지 옷이나 들여 보내줄가 허는데……”

하고 인숙의 얼굴에는 다시금 구름이 낀다. 그러나 저의 몸에 이상이 있다는 것도 말하기가 싫고 더구나 봉환의 소식을 먼저 묻기도 무엇해서

“참 요새 집의 소식이나 들우”

하고 뿌리만 땄다.

“그저껜가 뜻밖에 행랑게집애가 잠간 다녀갔는데 별당 할머니가 병환이 대단허시대. 나 때문에 한가집 사람헌테 평생 첨 창피를 당허시구는 분해서 펄펄 뛰시다가 몸저 누서서 약두 안잡숫는다나 어쨌던 혼인 까닭에 그렇게 됐으니깐 돌아가시기 전에 한번가 뵙긴 해야겠는데, 나를 보시면 되려 덧들리실가바 갈수도 없고……”

하고 입맛을 다시더니 잠자코 앉인 인숙의 핏기없는 얼굴을 쳐다보며 (이런말을 헐가 말가)하고 망사리는 듯 하다가

“다른 편에 들으니깐 오빤 ××여학교에 도화교사로 취직을 했답니다. 먼저 다니든 선생이 여선생허구 연애를 허다가 둘이다 쫓겨났다나. 그래서 오빠가 시간교사로 들어갔대요.

오빠두 또 그런짓을 허다가 쫓겨 날는지는 몰라
두……"

"아무튼 취직을 했으니 잘됐구료"

인숙은 한숨섞어 남의 말을 하듯하면서 봉희의 말
끝을 자어낸다.

"참 오빠는 인제 병이 나었길래 나댕길텐데 여긴 한
번두 안옵디까?"

"여길 뭣허러 오우? 난 길에서래두 만날가봐 걱정인데"

"글세 어쩌면 그렇게 매정스럽단 말요. 아마 무슨 다
른 까닭이 있나바. 접대두 어머니더러 새언니가 무슨 죄
가 있길래 쫓아버리군 모른체 허시느냐구 엿쥐봤드니
'난 모른다'허시구 입두 벌리지 못허게 허시겠지 무슨 일
은 단단이 있는눈 친데 당최 누가 내 귀에 두말을 해줘
야 알지않우?"

하고 매우 답답해하면서 오라비와 어른들을 여지없
이 꾸짖는다.

"그 까닭은 여태 나두 잘 모르지만, 팔이 들이 곱지
내곱는 법없다구 어른들두 오빠 편을 들으실게 아니요?
아무튼 그 덕택에 따루나와서 학교엘 다니니까 나를 위
해선 다행헌 심이지"

하고 인숙은 쓸쓸히 웃다가 눈을 나려깔고 한참이나 무엇을 생각해본 뒤에

"저어 자근아씨, 내 특청하나 들어줄요"

하고 어렵게 입을 열었다.

"무슨 청?"

"그렇게 어려운 청은 아니지만…… 저어 오빠허구 잠간만 조용히 만나게 해줄수가 없겠수? 꼭 몇마디만 헐말이 있는데……"

봉희는

"글세"

하고 귓머리를 긁다가

"그뒤에 오빠허구는 한번두 안만났는데…… 그이는 오빠더러 사람의 사촌두 못되는 자식이라구 사뭇 욕을 허니까 우리 집에선 만나게 할 수가 없구…. 어떻거면 졸가?"

하고 손톱녀물을 썰다가

"아무튼 며칠만 기다려주. 내 어떻게든지 만나도록 해볼게"

하고 조금 더 앉었다가

"참 가서 저녁을 지어야지"

하고 일어섰다.

九

　봉희는 학교로 오라비를 찾어갔다. 그일 때문에 집으로 찾어갈 수도 없고 밀회를 하는 것처럼 길목을 지키고 있을수도 없는데, 편지를 한대도 답장을 해줄상 싶지가 않어서 마츰 토요일이라 학교로 찾어가면 말 몇마디는 전할 수 있을듯하였다.

　(내 오빠를 집에서 버젓이 맛나지를 못하고……)하고 모순(矛盾)을 느끼면서 봉희는 xx여학교의 문을 들어섰다.

　학교는 벌써 파한 듯 운동장에는 테니스를 치는 학생들이 한 십여명 코오트를 둘러싸고 떠들뿐 사무실 유리창에는 벌써 흰 휘장을 내렸다.

　(벌써 나갔나 보다)하고 봉희는 사무실 축대 밑에 풀을 뽑고 있는 교지기더러

　"저 윤봉환 선생 나가셨나요?"

하고 물어보았다. 늙은 교지기는

　"새루 들어오신 도화선생 말씀입죠?"

하고 들어갔다 나오더니

203

"윤선생님 자리에 모자하구 단장은 그저 있는데 저 뒤 음악실에나 계신지요"

하고 뒷채에 따로 떨어진 교실을 가리킨다.

(도화선생이 음악실엔 뭣하러 가 있을까)하고 봉희는 피아노 소리가 동당거리고 나는 음악교실로 찾아들어갔다.

음악교실은 사진관의 하늘로 뚫린 유리천장처럼 '커어틴'을 쳐서 광선을 막았는데 풍금과 피아노가 열을 지어 놓인 한구퉁에 과연 봉환이가 있었다.

망사로 얽은 '나이트'을 비스듬히 쓰고 '캔버스'를 버티어 놓고 섰는데 그 앞에는 초록색 화초무늬를 혼란하게 놓은 '조세트' 치마를 길게 늘인 여선생이 피아노를 타는 자세를 하고 앉았다. 봉환은 그의 초상화를 그려주는 모양이다. 그 여선생은 동경서 음악학교를 졸업하고 나왔다는 '강보배'라는 '모던걸'인데 봉희는 그 여자의 이름은 몰랐어도 말쑥하게 양장을 하고 되뚝거리고 다니는 것은 길에서나 전차 속에서나 여러 번 보았었다.

('모델'이 또 하나 새루 생겼군) 하고 봉희는 살그머니 열은 문을 일부러 소리를 내어 닫으며

"오빠"

하고 불렀다. 봉환은 화필을 든 채 힐끗 돌아다보더니 그림을 그리는데 방해나 되는 듯이 눈살을 찌푸리고 뜻밖에 찾아온 누이 앞으로 다가온다.

"뭣 하러 왔니?"

대뜸 꾸지람을 하는 어조다.

지난일이야 어찌되었든 간에 그것이 혼인한 뒤로 처음 만나는 친누이에게 대하는 오라비의 태도다.

봉희 역시 성미가 깔깔하고 괴팍한 오라비가 전일은 다 잊어버리고 '그래 재미 좋으냐' 한 마디라도 해주기를 바란것은 아니언만 너무나 뜻밖에 그 태도가 냉정한데 말도 못하고 섰다가

"방해를 히서 안됐군요"

하고 비꼬아 던졌다.

"글세 무슨 일야? 집으룬 못오니?"

봉환은 모처럼 단 둘이 붙어앉아 속삭이면서 그림을 그리는데 훼방을 놓은 것만이 여간 불쾌하지 않은 눈치다.

"나두 오구 싶어서 오진 않었어요. 새 언니가 꼭 오빠하구만 긴급히 할 말이 있다구 어디서든지 조용히 만났으면 하길래 그 말을 전하러 왔어요."

봉환은 그 말을 듣자 눈살을 한 층 더 삐푸리며 등 뒤의 여자의 귀에까지 그 말이 들리지나 않았나 하는 듯이 돌아다 보고는

"널더러 그런 심부름 댕기랬니. 만날 필요 없다"

하고 팩 쏘고는 돌아서려 한다. 그 눈치를 본 봉희는

"아 남편이 자기의 아내를 만날 필요가 없단 말씀얘요?"

하고 남매의 기색을 살피고 앉은 강 보배의 귀에까지 들리라고 일부러 목소리를 높였다.

"아내는 누가 내 아내냐? 쓸데없는 소리 하지 말구 가거라."

봉환이 역시 등 뒤의 여자더러 들으라는 듯이 저에게는 아내로 인정할 사람이 없다는 변명을 한다.

봉희는 오라비가 너무나 밉고 비열한데 분개해서 얼굴에 핏대를 올리며

"그럼 이 인숙이가 윤봉환의 아내가 아니구 뭐야요? 언제 이혼했읍디까?"

하고 쏘가리 쏘듯 하고는

"난 그말만 전하러 왔으니깐 만나든지 말든지 생각대로 하세요."

한 마디를 남기고 돌아서 '도아'를 탁 닫고 나와 버렸다.

✝

봉희는 바로 삼청동으로 올라가려고 나섰다가 집이 궁금해서

(무슨 반가운 소식이라고 내일이나 가보지)하고 안국동 네거리에서 돌쳐겄다. 이튿날은 공일이라 남편의 속옷등속을 빨다가 점심 뒤에 삼청동으로 가려고 옷을 갈아입고 대문 밖을 나서는데 친정의 행랑아범이 헐떡거리고 오더니 '오늘 아침에 별당마님께서 급작히 돌아가셨다'는 놀라운 기별을 전하고 갔다.

연만한 노인네라 원체 엄엄했었지만 봉희는 저의 혼인 동니가 나서 할머니가 희생이 된 것 같아서 어떡해야 좋을지 몰랐다. 눈물이 펑펑 쏟아지도록 서러울 것은 없으면서도 저를 특별히 귀여워하시던 생각을 하니 곧 뛰어가 돌아가신 얼굴이라도 한 번 다시 뵙고 싶었다.

집에 큰 일이 있으니 오라는 것도 아니요, 먼천 일가에게 부고를 전하듯하고 간 것이언만 거북하다고 안 갈 수가 없어서 봉희는 상점으로 가서 공일날도 놀지 못하

는 세철에게 그 연유를 말하고 도망을 나온 뒤에 처음으로 친정에를 갔다.

어머니가 붙들고 말없이 울고 오라비댁들이

"작은 아씨 왔구려"

하고 마지못해 아는 체를 할뿐 아버지와 오라비는 때려서 내쫓지 않는 것만 다행으로 여기라는 듯이 못본 체를 한다.

그러나 봉희는 별당으로 올라가 홑이불을 덮어 놓은 할머니의 시체 앞에서 이 설움 저 설움에 실컷 울고 그날 밤을 부산한 틈에서 새우고는 이튿날 저녁때에야 온다간다는 말없이 빠져나와 집으로 돌아왔다. 장사날까지는 있어야 도리에 옳겠지만 집안 식구의 눈총을 한 몸에 맞으며 있기가 여간 거북살스럽지가 않고 그런 등사에는 더구나 생소한 제가 분주히 일하는 사람들 틈에 끼어서 어정버정하기가 어찌나 열적은지 몰랐던 것이다.

봉희가 제 집에 돌아와 낮잠을 자려고 뒤집어쓰고 누웠는데

"작은 아씨, 오늘은 학교에 안갔구려?"

하고 인숙이가 미닫이를 살그머니 열고 들어왔다. 제가 부탁한 일의 하회가 궁금해서 사흘씩이나 기다리다

못해 찾아 온 것이다.

"어저께 할머니가 돌아가셨다우"

하는 말을 듣자 인숙도 눈이 붉어지도록 울었다. 십년동안이나 '할머님'이라고 부르고 시중을 들던 노인이 돌아갔건만 저에게는 그런 통지도 해주지 않은 것이 더욱 서러웠던 것이다.

"그러니 큰일을 누가 치뤄낸단 말요?"

하고 그래도 혼상간 대사에 누구보다도 이력이 많은 제가 가서 시집의 일을 보아 줘야만 할 무슨 의무를 느꼈다.

(이런 때는 내 생각들을 할걸)하고 뒤죽박죽으로 들성거릴 궁 안을 눈앞에 노려보다가 (그런 생각을 하는 나버텀 어리석지 그 집의 구듭도칠 만큼 쳤으니까)하고는

"그래 오빠한테 그 말은 못했구려?"

하고 물었다. 봉희는 토요일 날 학교로 찾아가서 오라비를 만났다는 말과 요부같은 음악교사의 초상화를 그려주고 앉았던 정경이며 저에게 한 말까지 그대로 옮겼다.

인숙은 입을 꼭 다물고 듣기만 하다가 여러 해 전에 산정 후원에서 제가 '모델'이 되어 그림을 그리던 줄거웠

던 시절과, 사요꼬 때문에 속이 무진 썩던 때와 또는 '만날 필요가 없다'고 원수치부를 하는 오늘날의 변화를 생각하고는

"아아 초상화!"

하고 방바닥의 먼지가 날으도록 한숨을 길게 내쉬고

"나 때문에 창피만 당했구려. 다른 여자한테 또 정신이 빠진 사람을 만나선 뭘 하겠우"

하고 몸을 무거이 일으켰다.

"우리 저녁이나 같이 해먹읍시다"

하고 봉희가 붙잡는 것을 인숙은

"아아무 생각두 없우"

하고 굳이 사양을 한다.

"그럼 어떡하료? 바루 올라갈테요?"

"글세, 가보긴 해야 내 도리에 옳겠는데…… 잠깐 다녀라도 가야 할까보"

하고는 한길로 나서서 쇠잔한 석양을 등 뒤에 받고 맥이 풀려서 xx궁 편 쪽으로 타박타박 걸어가는 인숙의 뒷모양을 봉희는 대문간에 기대어 언제까지나 바라다보고 섰었다.

十一

　푸줏간으로 끌려들어가는 암소의 걸음걸이라 할까 인숙은 커다란 발등걸이가 달리고 문간에 하인들이 공석을 펴고 둘러앉은 뒷문으로 들어갔다.

　"아이고 셋째 아씨 오시네."

　계집하인이 내달아 반기다가 누가 별안간 입을 틀어막는 듯이 뭇칭하고 돌아선다.

　인숙은 안마당에서 왔다 갔다하며 아는 체도 못하는 아랫 것들의 흘낏흘낏 곁눈질을 하는 시선을 벌겋게 상기된 얼굴에 느끼며 대방으로 들어갔다. 댓돌을 한층씩 딛고 올라서는 발은 커다란 납덩이가 매어달린 듯이 무거웠다.

　대청에서 인숙이가 들어오는 것을 본 큰 동서와 작은 동서는 그야말로 천년 묵은 여우가 인두겁을 쓰고 대낮에 들어오는 줄 아는지 눈이 잠깐 마주치자 뿔불이 제방으로 들어가 숨어 버린다.

　인숙은 떨리는 손으로 대방의 장지를 열었다. 성복전이라 반백이 더 된 머리를 풀고 누웠던 시어머니는 이게 생시인가하는 듯이 물끄러미 인숙을 쳐다보더니 두 눈을 커다랗게 뜨고 놀라서 몸을 일으킨다.

인숙은 오금이 떨어지자 않는 것을 간신히 절을 하고 일어섰다.

"네가 누구냐. 네가 뭣 하러 왔니?"

시어머니는 체머리를 흔들며 서슬이 퍼래진다.

"할머님께서 돌아가셔서"

인숙은 입 속으로 하는 말끝조차 여물리지를 못하는데

"우리 집에 무슨 일이 있든지 네가 올 까닭도 없고 너같은 사람은 받자할 수도 없다. 대감께서 아시고 야단이 나기전에 냉큼 나가거라."

그 말은 전에 없이 날카롭다. 이제까지 쫓겨난 까닭을 똑똑히 모르는 인숙으로서는 너무나 뜻밖이라 무어라고 대답도 못하고 그저 죽여 줍시사하는 듯이 고개를 떨어뜨리고 섰을 뿐…… 제가 다시 제 맘대로 학교에를 또 다닌다는 것과 더더군다나 편지질을 하던 남자의 자식까지 배었다는 소문이 누구의 입을 통해선지 시집 식구의 귀로 들어간 줄은 그 당자가 꿈에라도 알 리가 없었다.

시어머니는 마주 보기도 싫어하는 듯이

"네가 안나가면 내가 나가겠다"

하고 일어서 기엄기엄 마루로 나간다. 인숙은(무슨 죄를 지었는지 거적대죄를 하고라도 알고야 말리라)하고 벼르는데 봉환이가 허리춤에 손을 찌르고 들어선다.

"뭣 하러 왔어?"

전에 없던 반말지거리다.

"왜 못 올 델 왔어요."

인숙은 눈을 똑바로 뜨고 오래간만에 대하는 남편의 독이 오른 얼굴이 뚫어지도록 쳐다보았다.

"무슨 낯짝을 쳐들구 우리 집엘 왔느냐 말야? 끌어내기 전에 어서 나가!"

봉환은 인숙에게 손까지 대려는 형세를 보인다.

인숙은 참고 참았던 감정이 그만 폭발이 되었다. 분을 참느라고 숨을 몰아쉬다가 달려들어 봉환의 팔에 매어달리며

"왜 내가 이 집엘 못와요. 무슨 죄를 졌길래 얼굴을 쳐들지 못해요. 어째서 이 집식구들이 나 하나를 죽일년 다루듯 하는거야요. 말을 좀 해봐요. 어서요 어서. 그 까닭을 알기 전엔 난 이 집에서 죽을테야요!"

하고 폭백을 하며 몸부림을 쳤다.

봉환은 뜻밖에 인숙이가 너무나 다부지게 달려드는

데 겁이 슬그머니 났다.

흠잡을 말이 없는 것은 아니언만 이 이상 덧들였다가는 당장에 생죽음이 날까보아 눈이 둥그래졌다.

인숙의 물퍼붓듯하는 폭백은 그칠 줄 모른다. 안채가 발칵 뒤집혀서 시어머니가 다시 디룩거리고 들어왔다.

사랑에 누워서 조상도 받지 못하는 대감이 알면 정말 분통이 터져서 이번에는 세 초상이 한꺼번에 날까보아 벌벌 떨면서 연방 아들의 옆구리를 꾹꾹 찌르며 어루만져 보내라고 눈짓을 한다.

봉환은 얼굴이 샛노래 가지고 헐떡거리고 섰다가

"이러지말우 이러지말어, 할머니 장사나 지내구 나면 내 찾아가서 얘기를 하리다. 피차에 오해가 있는 게니까"

하고 진정으로 비는 체를 하였다.

"이 얘야 남 볼쌍 사납게 이게 무슨 짓이냐. 할머님 시체를 뻗쳐 놓고"

시어머니까지 빌고 달래지 않고는 당장을 수습할 수가 없었다.

인숙은 시어머니 앞에서는 입을 다물고 봉환의 소매를 놓고 떨어져 두 손길을 마주잡고 예법을 차리는 습관이 남았던 것이다. 다른 때만 같으면 죽든 살든 담판씨름을 하고야 말 것이지만(끝까지 내 체면은 차리리라)하고 죽을 힘을 들어 흥분을 가라앉히고 일어섰다.

十二

　(무슨 오해가 있는게니 한 번 찾어가서 해변을 하겠다-)고 남편이 빌다시피하는 말까지 들은 바에야 인숙은 그 자리에서 일어설 수 밖에 없었다. 거짓말이 입에 발린 사람이라 그 말을 통으로 믿지는 않으면서도 어른 앞에서 그 이상 더 대들어 종주목을 대고 심지어 남편의 허리띠 끈에 목을 맨댔자 제 꼴만 사납고 창피할 것을 깨딜었던 것이다.

　또 한편으로 언뜻 생각이 난 것은 뱃속의 어린 것이다.

　“몹시 흥분하는 일이 있거나 몸을 험허게 가지면 태아한테 해롭소. 임신 중에는 마음과 몸의 안정을 잃지말 것을 주 의해야 하우”

　하고 만날 때마다 당부를 하던 허의사의 고마운 말이 생각이 났던 것이다.

　(뱃속에 어린 것한테야 무슨 죄가 있나. 이러다 낙태나 하면……)하고 마음속으로 저의 뱃속을 어루만지며 일

215

어섰다.

봉환은 어느 틈에 슬그머니 나가버렸다.

"그래 꼭 올테야요?"

하고 쫓아나가서 한 번 다지고 싶건만(아직도 양심이 남었으면 한 입으루 두 말은 안하겠지)하고 시어머니의 앞에 우두커니 섰기가 민망해서 머리를 푹 수그리고 뒷채로 건너갔다.

나중 일은 어찌 되었든지 간에 잠시 마음을 진정하려고 옷매무새라도 고쳐 입으려고 대방을 피해 나온 것이다.

그러나 싀집온 뒤에 십년이나 기거를 하든 저의 방은 '이게 뉘방인가'할만치 사뭇 달러졌다. 삼층장과 의거리며 머릿장은 이리저리 자리를 바꾸어 놓고 방바닥에는 그저 이부자리를 개지않은 채로 있는데 각장장판에 장?을 옴겨논 자죽이 허옇게 들어났다. 버리지도 않은 잿떨이며 '스케취'판과 '칸 바쓰'같은 그림제구가 이구석 저구석에 아무렇게나 흩으러졌다.

"내가 죽어 나갔드래도 이 지경으로 흐트러 놓지는 않겠지"

하고 한심스러히 방안을 둘러보는 눈이, 봉환이가

누어자든 머리맡에 이르자, 인숙은 깜짝 놀라며 한거름 뒤로 문칫 하고 물러섰다.

벽화같이 큰 여자의 초상화가 눈앞을 가로막었든 것이다.

피아노 앞에 반쯤 돌아앉어서 건반을 눌으는 체하고 요염한 눈초리로 비웃는 듯이 인숙을 똑바로 노려보는 여자는 당장에 살어 나올 것 같다.

"저게 강보배로군!"

하고 인숙은 입속으로 불으짖고는 더 마주볼 용기가 없어서 고개를 돌렸다.

이번에는 유리시게가 놓였든 사방탁자우에서 전에 못 보든 황금빛으로 번쩍어리는 사진들이 인숙의 눈을 빼아섰다. 가까히 가서 들여다보니 양장을 하고 서서 은행껍줄같이 얄다란 눈두덩을 반쯤 나려깔고 실우슴을 치는 것은 초상화와 똑같은 얼굴이다.

그림과 사진은 저를 새중간에 넣고 덤벼들며 말없이 핍박하는 듯, 인숙은 눈을 감고 방한복판에가 한참이나 섰었다.

그러나 인숙은 제방을 두구퉁이씩이나 차지하고 들어 앉인 여자에게 대해서 질투라든지 강짜라든지 하는 감정은 일어나지 않았다. 그러한 점잖지 못한 감정을 일으키기에는 그 상대자가 카페-의 계집과 같이 저급하고 천작해 보였든 것이다.

(기왕 이방의 주인이 바뀐 다음에야 더 서있는 것이 치사스럽다)하고 창피한 생각이 들어서 인숙은 나가려다 말고 (옷가지는 그대로 있나?)하고 아츰 저녁으로 기름걸레질을 처서 길을 들이든 삼층자 개장문을 열어보았다. 장속은 불한당이 처간 것 같지 않은가.

차곡차곡 개여두었든 반반한 옷가지는 말끔 뭉처다가 잡혀 먹은 모양이다. 그 돈으로 그림제구를 사서 강보배의 초상화를 그리고 밀회를 하는 비용으로 이바지 한 것이 틀림없지 않은가.

인숙은 그 방에서 그 집에서 잠시도 더 머물러 섰을 수가 없었다. 별당으로 올러가 곡이나 실컨 하리라 하다가 어쩐지 두 눈이 뽀송뽀송해저서 행낭계집애더러 신을 가저오라한 후 아무도 몰으게 후원뒷문으로 빠저 나왔다.

삼청동어구에 당도할때까지 인숙은 눈에 보이는것도 없고 귀에 들리는 것도 없어, 완전히 얼어빠진 사람같었다.

레디메이드 인생

그의 소설들은 일제강점기 시기의 모순과 부조리를 예리하게 파헤치며, 사회적 억압 속에서 살아가는 인간의 다양한 모습을 그려냈다.

채만식 지음_ 178쪽_ 13,000원

벙어리 삼룡이

그의 소설들은 일제강점기 시대 사회적 억압 속에서 살아가는 인물들의 삶을 섬세하게 그려내며, 당대의 부조리를 직시하고 고찰하는 새로운 접근 방식을 제시한다.

나도향 지음_ 180쪽_ 13,000원

봄봄

그의 소설들은 일제강점기 시대의 사회적 불평등 속에서 살아가는 서민들의 삶을 사실적으로 묘사하면서도, 그 고단한 현실을 유머와 인간미로 승화시킨다.

김유정 지음_ 196쪽_ 13,500원

꺼래이

그의 소설들은 시대적 불평등과 구조적 폭력에 내몰린 사람들의 삶을 날카롭게 포착하면서도 그 안에 깃든 인간적 고뇌와 따뜻한 감정을 잔잔한 서정으로 담아낸다.

백신애 지음_ 220쪽_ 14,000원